L'ABBAYE
DE LA TRAPPE.

PARIS. — IMPRIMERIE DE COSSON,
RUE SAINT-GERMAIN-DES-PRÉS, N° 9.

L'ABBAYE
DE LA TRAPPE,

PAR GUSTAVE GRANDPRÉ,

TRADUCTEUR DES HUMORISTES.

« *Inveni portum, spes et fortuna valete!* »

« Ici viennent mourir les derniers bruits du monde;
Nautonniers sans étoile, abordez, c'est le port!
Ici l'âme se plonge en une paix profonde,
    Et cette paix n'est pas la mort. »

LAMARTINE.

A PARIS,
CHEZ CORBET, LIBRAIRE,
QUAI DES AUGUSTINS, N° 61.
1827.

AVANT-PROPOS.

DU RÉTABLISSEMENT

DES

COMMUNAUTÉS RELIGIEUSES. *

L'ON a beaucoup écrit, depuis un demi-siècle, sur les avantages et les inconvé-niens des communautés religieuses ; leur

---

* Cette préface, formant une brochure in-8° d'une trentaine de pages , se vend séparément chez Pon-thieu et Delaunay , au Palais-Royal , galerie de bois. Prix, 75 cent.

Il est sans doute inutile de prévenir qu'il ne s'agit ici que des communautés d'hommes ; en ce qui con-cerne les maisons religieuses de femmes , la question a été décidée par la loi du 24 mai 1825.

1*

destruction même n'a pas mis fin à la
discussion. Mais en reproduisant sans
distinction les diatribes et les raisonne-
mens que l'on répétait pour les attaquer
ou les défendre il y a cinquante ans, l'on
oublie que depuis cette époque des chan-
gemens essentiels se sont opérés dans
notre organisation politique. De là vient
que l'on néglige d'envisager la question
sous le point de vue le plus important.

L'on parle des communautés abstracti-
vement, si je puis m'exprimer ainsi;
on se livre à des considérations générales
qui conviennent aux monastères de tous
les temps et de tous les pays; l'on ne songe
pas à en faire une application spéciale à
l'état actuel de notre législation : cependant c'est là l'essentiel. Le rétablissement des communautés religieuses est-il
une conséquence nécessaire de la liberté
des cultes? est-il incompatible avec nos

institutions constitutionnelles ? Voilà toute la question.

L'on voit qu'elle est grave, et les circonstances présentes ne permettent pas d'en différer l'examen. On chercherait vainement à le dissimuler, les monastères s'élèvent de toutes parts, les anciennes communautés reparaissent, et chaque jour en voit naître de nouvelles; il est temps enfin de statuer sur leur sort. Si l'on veut le rétablissement des communautés, il faut le dire hautement et leur donner une existence légale; sinon, l'on doit appliquer les lois qui les proscrivent. Il faut proposer une loi nouvelle ou exécuter les anciennes; en tout, et avant tout, il est indispensable que les lois soient franchement et rigoureusement observées. Ce n'est que par elles que subsiste un état constitutionnel; et ce que l'on y doit surtout redouter ce sont ces demi-mesures par lesquelles on permet ce que l'on n'ose approuver; c'est cette tolérance illégale qui semble destinée à enseigner au peuple que les lois ne sont pas faites pour être exécutées.

D'après notre législation actuelle [*] les communautés ne peuvent subsister; elles reparaissent cependant sous les yeux de l'autorité, qui le sait et les tolère; mais aussi elles n'ont qu'une existence précaire, et qu'un caprice peut leur ravir. Il est temps enfin de faire cesser cet état d'incertitude; il le faut dans l'intérêt des principes et des communautés elles-mêmes; il le faut surtout dans l'intérêt de la morale publique. Je ne parlerai point de l'incapacité de recevoir où sont placées les communautés (a), et des voies

_____

[*] Décret du 22 juin 1804 (3 messidor an 12). Loi du 8 avril 1802 (18 germinal an 10 , art. 11).

détournées que doit nécessairement suivre le donateur pour éluder la prohibition de la loi et assurer à un monastère le produit de ses libéralités. Cet inconvénient est grave sans doute, mais il en est de plus fâcheux encore, et les voici : si, par un oubli de toutes les convenances, oubli qui malheureusement n'est pas sans exemple; si, au mépris de ses vœux et de l'opinion publique, un moine apostat se présentait devant l'officier de l'état civil pour épouser une religieuse, je le demande, afin d'empêcher cet horrible scandale, quel texte de loi pourrait-on invoquer ?

L'indignation publique, dit-on, ferait justice de cette monstruosité. Mais, sans parler ici du peu de confiance que doit inspirer cette puissance si capricieuse et si mobile, les opinions sont-elles unanimes en France; et ne voit-on pas sans cesse la même action à la fois vantée outre mesure et flétrie par le mépris?

Le défaut de certaines gens étrangers au monde et à la connaissance des hommes, c'est de prendre leur opinion pour règle générale, et de l'appliquer sans distinction. Certes, la religion et les bonnes mœurs font parmi nous d'immenses progrès; que l'on ne s'y trompe point cependant, les sentimens religieux sont loin d'être généralement adoptés, et pour s'en convaincre il suffit de se rappeler les troubles qu'ont excités, dans diverses parties de la France, les exercices des missions et du jubilé.

La haine de la religion s'étend même jusqu'à ses ministres; et ce qui serait vraiment inexplicable, si l'on ne savait qu'il existe des hommes pour lesquels tout ce qui se rattache à la religion est un objet d'horreur, c'est l'aveugle prévention qui

existe encore aujourd'hui contre les communautés. Comment d'humbles religieux,
sans cesse occupés de la prière et du travail, ont-ils excité la jalousie du siècle?
Comment de paisibles cénobites ont-ils
mérité sa haine?

Encore, si l'on admettait quelques ex-
ceptions, si l'on établissait une distinction
entre les différens ordres religieux! Que
l'on proscrive ces moines opulens qui,
s'engraissant d'une longue et sainte oisiveté, traînent une vie inutile au sein du
luxe et de la mollesse; que l'on bannisse
à jamais du royaume ces frères mendians,
pieux fainéans qui, abusant de la charité
chrétienne, dérobent les aumônes dues à
l'indigence et au malheur : j'y consens;
on pouvait les tolérer sous un gouvernement absolu; ils sont incompatibles avec
une législation qui punit le vagabondage
et la mendicité.

Mais pourquoi nous priver des lumières de ces ordres savans dont les veilles laborieuses ont rendu aux lettres d'éminens services, et dont les travaux peuvent encore être utiles? Pourquoi détourner de leurs études ces éloquens prédicateurs qui, loin du fracas et des distractions du monde, se préparent, dans le silence et la retraite, à la pénible tâche d'instruire leurs frères? Pourquoi arracher à leurs paisibles travaux ces pères industrieux, habiles agriculteurs, qui rendent à la fertilité nos arides bruyères et nos landes abandonnées? La règle qu'ils observent est-elle contraire à nos institutions politiques, ou plutôt le droit de se réunir et de vivre en communauté n'est-il pas une conséquence nécessaire de la liberté des cultes?

Mais veut-on savoir comment, en France, l'on entend cette liberté? Comment l'on exécute les promesses faites à ce sujet par le Roi et consacrées par la Charte?

Dans une ville que je pourrais nommer, des Anglais protestans sollicitent la permission de construire un temple, et on la leur refuse ; on la refuse sous l'empire d'une législation qui proclame la liberté des cultes, qui assure à toutes les religions une égale protection.

On oppose l'art. 291 du Code pénal ; mais il suffit de lire cet article (*b*) pour se convaincre qu'il a été singulièrement modifié. En ce qui concerne les associations secrètes, il subsiste encore dans toute sa force. Le gouvernement ignore ce qui se passe dans les assemblées particulières, et il a le droit d'exiger des individus qui les composent certaines garanties. Mais quel ombrage peuvent inspirer des réunions religieuses et publiques, formées dans un lieu ouvert à tout le monde ; où la police et ses agens peuvent s'introduire chaque jour, à toute heure ; où il ne se passe rien dont le gouvernement ne soit informé ? Il est évident que de semblables associations n'ont pas besoin de l'assentiment du gouvernement ; et si les chefs ou directeurs étaient traduits devant les tribunaux, je pose en fait que les magistrats ne pourraient prononcer aucune condamnation. Qu'est-ce qu'une liberté qui dépendrait du rapport d'un préfet, ou des caprices d'un ministre ?

Voilà cependant ce que les agens du gouvernement appellent de la tolérance. D'un autre côté, les libéraux sont-ils plus conséquens ? Qu'un pécheur endurci meure dans l'impénitence finale ; qu'un débauché, las d'une vie passée dans l'opprobre, termine ses jours par un suicide ; on verra de prétendus apôtres de la liberté invoquer à grands cris le secours de l'autorité pour imposer des lois à la conscience des ministres de la religion ; on les verra enfonçant comme des furieux les portes du temple, porter le corps du réprouvé jusque dans le sanctuaire, et forcer le prêtre épouvanté à proférer sur le cercueil de l'athée dés vœux et des prières que son cœur désavoue. Il faudra que la religion associe la majesté de ses cérémonies à ces pompes funèbres, vains hommages dont l'orgueil des vivans se plaît à parer un cercueil, et que celui qui l'a méprisée pendant sa vie soit honoré par elle après sa mort.

Est-ce là le cortége qui convient à l'impie ? Est-ce ainsi que vous insultez à sa mémoire ? Pourquoi cet appareil religieux qui n'a été pour lui qu'un sujet de moquerie et de dérision ? pourquoi porter ainsi dans nos temples celui qui n'y était jamais entré ? S'il pouvait en ce moment briser les liens indissolubles de la mort, il désavouerait vos hommages ; ou plutôt, levant dans le cercueil sa tête livide, il s'écrierait : « Suspendez ces chants funèbres désormais inutiles ; cessez vos prières tardives ; tout est fini pour moi ; j'ai passé le seuil où sont gravés ces mots terribles : *Plus d'espérance.* »

L'on voit qu'il en est de la liberté de conscience comme de la liberté de la presse. On la proscrit en même temps qu'on l'invoque ; on la sollicite et on la repousse à la fois. Chacun en réclame le bénéfice pour son propre compte, et le refuse à ses concitoyens. C'est en proclamant la liberté de conscience que le gouvernement anglais opprime les catholiques ; c'est au nom de la liberté des cultes que les républicains de 1793 envoyaient les prêtres à l'échafaud ; et dans tous les temps, c'est en prêchant la tolérance que des tyrans oppresseurs se sont armés du glaive de la persécution.

Les faux dévots ne sont pas les seuls hypocrites que l'on connaisse aujourd'hui; s'il est des tartufes en religion, il en est aussi en politique; et tel se prétend franchement libéral et réclame avec fureur le maintien de nos libertés, qui, maudissant tout bas le régime légal, regrette en secret le règne de la terreur et les beaux jours du despotisme impérial. Mais le langage des vétérans de la révolution ne saurait en imposer désormais : ils ont possédé le pouvoir; nous n'avons point oublié comment ils en ont usé, et nous pouvons juger par là de l'emploi qu'ils en sauraient faire s'il leur était confié de nouveau. C'était sans doute pour assurer la liberté de conscience qu'ils renversaient les autels et égorgeaient les prêtres; et

2*

lorsque nous voyons les mêmes hommes s'ériger aujourd'hui en apôtres de la tolérance, nous savons comment interpréter leurs sages théories.

Déjà ils essaient de les mettre en pratique : c'est en invoquant la liberté des cultes qu'ils outragent la religion et ses ministres; c'est aux cris de *vive la Charte* qu'ils insultent les missionnaires, comme si la religion catholique, la religion de l'état, était la seule qui dût être privée de cette protection qui est promise à toutes. Et cependant, voilà les hommes qui se prétendent les seuls défenseurs de nos franchises et de nos libertés; les soutiens exclusifs de la Charte; et c'est nous, royalistes chrétiens, nous partisans inébranlables de la religion et de la légitimité, c'est nous que l'on accuse de conspirer le renversement de nos institutions constitutionnelles. Mais pour répondre à

nos adversaires, nous ne craindrons pas
de faire hautement notre profession de
foi. Oui, nous voulons la Charte, et nous
la voulons mieux que vous, car nous la
voulons tout entière et non mutilée au
gré des passions et de l'esprit de parti ;
nous voulons la Charte, parce qu'elle assure à chacun le libre exercice de son
culte, mais aussi parce qu'elle proclame
la religion catholique religion de l'état ;
nous voulons la Charte parce qu'en même
temps qu'elle nous promet une sage liberté, elle consacre le dogme précieux
de la légitimité ; nous la voulons enfin
parce qu'elle protége également le pieux
cénobite qui rebâtit les monastères, et
l'impie qui brûle de les détruire.

J'ouvre la Charte constitutionnelle, et
j'y lis, article 5 :

« Chacun professe sa religion avec une

» égale liberté, et obtient pour son culte
» la même protection. »

Je poursuis, et je lis, article 6 :

« Cependant la religion catholique,
» apostolique et romaine est la religion
» de l'état. »

Ainsi la religion catholique conserve
sur les autres une certaine prééminence;
l'on reconnaît qu'elle a droit à une faveur
spéciale. Et comment en effet pourrait-
on la refuser sans injustice à la religion
dominante, à la religion que professe
l'immense majorité des Français? Tout
ce qui s'y rattache doit donc être non-seulement toléré, mais même encouragé.
Or, l'existence des monastères se lie in-
timement au culte catholique; dès les premiers siècles de l'Eglise l'on a vu de pieux
solitaires peupler les déserts de la Thé-
baïde ; et dans tous les états chrétiens,

il s'est trouvé des hommes justes et craignant Dieu qui, aspirant à la perfection
d'une pureté sans tache, l'ont cherchée
dans la retraite et les austérités du cloître.
Comment donc bannir les ordres monastiques d'un royaume où l'on proclame
la religion catholique religion de l'état?

Si quelques personnes se réunissaient
à la campagne pour se livrer en commun,
soit au travail, soit à des exercices de piété,
pourrait-on les contraindre à se séparer?
Non sans doute : chacun est libre de choisir la profession ou le genre de vie qui
lui convient; et de même qu'il est permis
de se réunir pour chasser, de même il
est permis de s'assembler pour prier.
L'on pourrait tout au plus invoquer le
fameux article 291 du Code pénal, sur
les réunions illicites; mais du moins est-
il certain que si les membres de l'association n'excédaient pas le nombre de vingt,

ils seraient à l'abri de toutes poursuites : ils auraient la libre faculté de jeûner au pain et à l'eau, de chanter l'office à toute heure de la nuit, et de se donner la discipline trois fois le jour, ou plus souvent encore, si tel était leur bon plaisir, sans que personne pût y trouver à redire.

Mais ici se présente une difficulté grave, et nous sommes loin de vouloir la dissimuler. Dans l'hypothèse que nous venons d'établir, les membres de l'association ne composent qu'une aggrégation d'individus, une simple réunion de particuliers ; tandis qu'une communauté forme un corps dans l'état, une personne morale, capable d'exercer des droits civils et d'agir en nom collectif. Or cette capacité ne peut s'acquérir qu'avec l'autorisation du Roi. Il s'agit de créer un être moral, un citoyen fictif, et, pour lui donner l'existence, le concours du gouvernement est indispensable. Une simple association commerciale, une société anonyme et temporaire ne peut se former légalement qu'en vertu d'une ordonnance du Roi; à plus forte raison une semblable autorisation est-elle nécessaire pour créer un corps permanent, un ordre religieux et perpétuel.

La justesse de ce raisonnement est palpable, et les principes sur lesquels il repose tiennent à l'essence des sociétés; ce qu'il importe de faire remarquer cependant, c'est que le droit d'intervention de la part du gouvernement ne commence qu'au moment où les communautés prétendent au droit de posséder et d'acquérir en nom collectif; au moment où, cessant d'être une réunion d'individus, elles deviennent une personne morale. Mais alors, aussi, leur existence n'est légale qu'autant qu'elle est approuvée par le gouverne-

ment, qui, en accordant l'autorisation
nécessaire, conserve indubitablement le
droit d'imposer à leur établissement des
conditions et des restrictions telle qu'il
ne puisse devenir préjudiciable à l'état.
Nous espérons démontrer qu'il est plus
aisé d'y parvenir qu'on ne le pense généralement.

Et lorsque nous parlons de restrictions
à imposer, de conditions à prescrire, que
l'on ne dise pas que nous voulons, nous
contredisant nous-mêmes, apporter des
entraves au libre exercice des cultes. Si
nous détestons le despotisme, nous crai-
gnons encore plus la licence; et tout
homme de bonne foi conviendra sans
peine qu'une liberté indéfinie de tous les
cultes serait subversive de l'ordre social.
L'on pourrait citer aisément diverses sec-
tes religieuses dont l'existence est incompatible avec une forme quelconque de

gouvernement; il en est d'autres que l'on ne saurait tolérer qu'avec certaines modifications qui les mettent en harmonie avec les règles du droit civil; il est incontestable que si le pacha d'Égypte, Français d'origine, venait réclamer la qualité de citoyen qu'il tient de sa naissance, et s'établir en France avec les cinq cents esclaves qui peuplent son harem, il pourrait devenir électeur, éligible, député même ou président du conseil des ministres; mais, en dépit de Mahomet et du Koran, il ne pourrait conférer qu'à une seule femme le titre et les droits d'épouse légitime (c).

L'une des plus fâcheuses conséquences d'une révolution aussi terrible que celle que nous avons éprouvée, c'est de rompre la chaîne des événemens, de renverser tous les principes, et de rendre inutile l'autorité des précédens. Les temps qui ont précédé la révolution sont déjà trop loin de nous pour que nous puissions en concevoir une idée juste ; les convulsions politiques se sont succédé trop rapidement dans l'espace de quelques années pour que nous conservions un souvenir exact de ce qui les a précédées, et cependant chaque jour nous entendons déplorer l'état d'oppression où gémit l'Église aujourd'hui, et rappeler à grands cris l'ancien régime. Mais connaissez-vous, pourrions-nous demander à ces partisans exclusifs d'un ordre de choses que la révolution a détruit sans retour, connaissez-vous cette législation que vous invoquez avec tant de confiance ? Vous regrettez nos antiques institutions ; mais si vous voulez le rétablissement de l'ancien régime, il faut l'adopter tout entier ; il faut l'adopter avec les arrêts qui proscrivent les jésuites, et la déclaration qui

proclame les libertés de l'Église galli-
canc.

De nos jours les associations religieuses subsistent sans autorisation et rem-
plissent le royaume; la congrégation em-
brasse toute la France; ses ramifications
s'étendent depuis la capitale jusque dans
le moindre village; elle a une administration régulière, elle perçoit des impôts,
distribue des secours et des pensions,
des traitemens et des récompenses. Jadis
une simple confrérie n'aurait pu se former sans avoir obtenu du Roi une autorisation spéciale en forme de lettres
patentes *. L'on se plaint de l'état d'as-
sujétissement où l'on retient les prêtres;
avant la révolution aucun ecclésiastique
régulier ou séculier ne pouvait sortir du

---

* *V.* art. 357 ord. de Blois, et les édits de 1666
et de 1749, auxquels sont conformes un grand nombre de règlemens sur les confréries.

royaume sans le consentement formel du Roi * .

Tel était l'état de la législation sous l'ancien régime, telles sont les maximes de droit public observées en France pendant des siècles, et voilà ce que l'on ne veut pas se persuader aujourd'hui. Et je le demande, si l'on essayait de les faire revivre, quelles clameurs n'éleveraient pas les plus zélés partisans de l'ancien régime! Quant à moi, je suis loin de les approuver sans distinction : s'il en est qui tiennent à l'essence, au principe vital de toute.société politique, il en est d'autres que l'on pourrait qualifier d'oppressives, et que repousseraient nécessairement les

---

* « Les prélats de l'Église gallicane , encore qu'ils soient mandés par le pape pour quelque cause que ce soit, ne peuvent sortir hors du royaume sans commandement ou licence et congé du Roi. Art. 13. »

« Arrêt du parlement de Paris du 23 août 1729 dans le Journal des audiences. »

principes de liberté consacrés par la
Charte. Un prêtre est un sujet que rien
ne distingue de ses concitoyens ; soumis
aux mêmes lois, aux mêmes obligations,
il doit jouir des mêmes franchises et des
mêmes libertés.

Notre intention n'est pas d'énumérer
longuement toutes les dispositions règlementaires que pourrait imposer le légis-
lateur, comme condition du rétablissement des communautés ; nous nous bor-
nerons à en indiquer quelques-unes qui
semblent indispensables dans l'intérêt de
l'état, mais suffisantes en même temps
pour prévenir tous les abus.

Celui que l'on paraît redouter davantage c'est l'accumulation dans des mains
mortes d'immenses propriétés territoria-
les ; mais c'est ici le lieu de rappeler une
vérité triviale, que l'on ne peut se lasser
de répéter, parce qu'on l'oublie sans

cesse ; cet abus provient du fait des hommes, et non d'un vice inhérent à l'institution. Les idées de communautés et d'o-
pulence sont tellement liées dans l'esprit
de certaines personnes, qu'elles ne peuvent les séparer, et cependant les ordres
monastiques ne peuvent-ils subsister sans
cette richesse territoriale qui, excitant la
jalousie du peuple, a motivé leur destruction? Que l'on permette aux religieux
d'acquérir le monastère qu'ils habitent,
l'enclos qui l'environne, et même les terrains adjacens, cela se conçoit; ils peuvent les mettre en valeur, les cultiver et
les améliorer de leurs propres mains;
mais en quoi peuvent être utiles, pour
l'observation de la règle, ces vastes forêts
situées à deux cents lieues de la communauté, ces parcs qu'ils ne doivent jamais
voir, ces terres qu'ils ne peuvent exploi-
ter, ces corps de ferme qu'ils sont obligés

de faire administrer à grands frais par des mandataires salariés?

Les richesses et la vie contemplative sont incompatibles; les biens de la terre et les soins multipliés qu'ils entraînent ne sont propres qu'à rattacher les religieux au monde, et à les détourner de l'accomplissement de leurs devoirs.

L'on pourrait donc déclarer les ordres monastiques incapables de posséder des immeubles, à l'exception des monastères et des terrains adjacens, et les obliger à convertir en rente sur l'État tous les autres biens. L'on va crier à l'innovation. Je répondrai que le plan que je propose n'est point une idée révolutionnaire; ce n'est pas même une invention moderne; car l'on trouve des dispositions semblables dans les lois de Chrétien II, roi de Danemarck, lois promulgées le 26 mai 1521. Bien plus, en France, sous l'ancien régime, les seuls biens que les gens de mainmorte pussent acquérir sans lettres patentes se bornaient aux rentes sur le Roi, le clergé, les pays d'états, les villes ou communautés *.

D'un autre côté, au lieu d'exempter du paiement de la contribution foncière les propriétés appartenant à des communautés religieuses, il semblerait de toute justice de les imposer extraordinairement à certaines époques déterminées. L'on a remarqué que dans une période de dix années presque toutes les propriétés changent de possesseur, et que, par suite de succession, vente ou donation, elles sont assujéties à des droits de mutation considérables; pourquoi en exempter les biens

* *V*. édit du mois d'août 1749 et la déclaration du 2 juillet 1762. Les art. 73 et 74 de la loi du 8 avril 1802 (18 germinal an 10) contenaient les mêmes dispositions. Cet ordre de choses a subsisté jusqu'à la promulgation de la loi du 2 janvier 1817.

de mainmorte? En entrant dans un monastère les religieux ne deviennent pas étrangers à la France : ils profitent de la protection des lois, ils jouissent des avantages que procure une bonne administration, ils doivent aussi en supporter les charges. Cette obligation est d'autant plus naturelle en ce qui concerne la contribution foncière, qu'il ne s'agit point ici d'une redevance personnelle, mais d'une taxe réelle, d'un impôt prélevé sur l'immeuble ; et il semble juste que les mainmortables, exempts de la plupart des charges qui pèsent sur les particuliers, exempts par leur sobriété et leur parcimonie du paiement des impositions indirectes, supportent au moins dans une juste proportion le fardeau de la contribution foncière.

Mais l'on pourrait qualifier de fiscales les dispositions règlementaires que nous

venons d'indiquer ; il en est une autre
toute politique, et par cela même infini-
ment plus importante, dont nous devons
maintenant nous occuper. La question des
impôts n'est qu'une question d'argent, et
dans un temps de prospérité il est permis
au gouvernement de se montrer généreux
envers les ordres monastiques ; mais il est
des droits sur lesquels il ne peut transiger ;
il est des principes qui ne doivent jamais
fléchir. Ainsi, que les communautés soient
assujéties, dans une proportion plus ou
moins élevée, au paiement de la contribution foncière ; qu'elles acquittent des
taxes équivalentes aux droits de mutation
que supportent les particuliers ; peu importe : je ne vois là qu'un objet secondaire
et d'un mince intérêt ; ce qui est vraiment
essentiel c'est que les ordres religieux ne
fassent pas un État dans l'État, qu'ils ne
forment point un corps nombreux, riche

et puissant, indépendant du gouvernement civil et assez fort pour le braver ; un corps obéissant à un maître qui n'est pas Français, et reconnaissant un autre souverain temporel que le Roi, d'autres supérieurs spirituels que les évêques.

Pour remédier à cet abus, le plus grave de tous, il est indispensable que l'on assujétisse les monastères, sans distinction, à la juridiction de l'ordinaire. Il convient que chaque évêque soit de droit le supérieur, l'abbé commendataire de toutes les communa tés situées dans l'étendue de son diocèse ; que lui seul règle les comptes et les dépenses de la maison ; que, seul, il soit chargé d'approuver les règlemens de discipline intérieure, et d'en surveiller l'exécution ; en un mot, qu'il soit à la fois le supérieur spirituel et temporel. Cet ordre de choses existe déjà pour les communautés de femmes, et depuis long-temps l'on exprime le vœu qu'à l'égard des communautés d'hommes la même règle soit observée *.

Mais ce qui est plus important encore, c'est qu'il n'existe, entre les diverses communautés du même ordre, aucune liaison d'intérêt, aucune relation habituelle. L'on reconnaît aujourd'hui l'inutilité de ces provinciaux et de ces généraux d'ordre, qui, tout-puissans pour résister à l'autorité temporelle, étaient sans force pour punir les infractions à la règle, et réprimer les abus dans l'intérieur des monastères. Il faut que, soumise à son évêque, chaque communauté n'obéisse qu'à lui seul; qu'elle ne reconnaisse d'autre autorité que la sienne, d'autres ordres que ceux qui sont émanés de lui. En un mot nous demandons le rétablissement

---

* *V.* Vie et Révélations de sœur Nativité des urbanistes de Fougères, par l'abbé Genet, page 396.

des monastères et non des ordres monastiques. Qu'importe au véritable religieux, au cénobite animé d'une piété sincère, qu'il existe en France cinquante communautés semblables à celle qu'il habite, possédant des richesses communes, et reconnaissant l'autorité d'un général unique? Ce qu'il demande au ciel c'est une tranquille retraite, éloignée du monde ; ce qu'il veut c'est le repos, le silence et la prière.

L'on ne verrait plus alors l'ambition, se couvrant d'un voile sacré, embrasser la vie monastique pour atteindre plus sûrement aux premières dignités de l'Église; les monastères, rendus à l'esprit de leur institution, ne formeraient plus des corps politiques, et deviendraient réellement des lieux de prières et de pénitence; alors enfin l'on cesserait de craindre cette influence si redoutée et si redoutable de la cour de Rome, influence qui, toujours puissante envers les ordres monastiques, est ordinairement sans force sur le clergé séculier, et surtout sur les évêques français.

Un autre avantage non moins précieux résulterait encore de ce nouvel ordre de choses : soumettre les communautés à la juridiction de l'ordinaire est le plus sûr moyen d'y maintenir constamment des mœurs austères et une véritable piété. Nous le disons avec le sentiment de la plus intime conviction, si les monastères avaient toujours été soumis à la surveillance et à l'autorité de l'évêque diocésain, l'Église n'aurait pas eu à gémir des désordres et des scandales qui l'ont si longtemps affligée. Vainement chercherait-on à les disculper ; l'on ne peut nier que trop souvent les communautés ont justifié les censures de leurs ennemis. Dans le siècle dernier, les ordres monastiques, abjurant toute contrainte, accumulèrent d'immenses richesses ; et avec elles le relâchement et la mollesse s'introduisirent dans les monastères. Les plaisirs mondains succédèrent aux pratiques de piété ; les austérités firent place à la licence ; et au moment où la révolution éclata sur elles, la plupart des communautés conservaient à peine quelques traces de la simplicité des premiers siècles et de la piété de leurs fondateurs.

Étrangers au monde, éloignés du commerce des hommes, les religieux méprisent l'opinion publique ; les clameurs de la multitude sont un vain bruit qui expire au pied du cloître sans frapper leurs oreilles ; tandis que les prêtres séculiers vivent dans le monde, il est vrai, ils en partagent les distractions et parfois les plaisirs ; mais, loin de le braver, ils le craignent et le respectent : ils savent qu'envers eux l'opinion est exigeante ; ils savent que la considération publique leur est nécessaire, et que pour l'obtenir il faut la mériter. Aussi, placé dans une position moins favorable en apparence, le clergé séculier s'est rarement exposé cependant aux reproches graves que l'on n'a point épargnés aux religieux cloîtrés ; il obtient au contraire des respects et des égards qu'on leur refuse, et partout le titre de recteur de paroisse donne des droits sacrés à la vénération des fidèles.

L'on pourrait ainsi, par de justes tempéramens, rétablir les communautés religieuses, sans compromettre la tranquillité de l'État, et sans craindre le retour de ces désordres et de ces dérèglemens qui jadis étaient pour toute la chrétienté un sujet de douleur et de scandale.

Je ne sais si je m'abuse, mais il me

semble que le moyen terme que je propose, ou tout autre système semblable,
et fondé sur les mêmes bases de justice et
de liberté, devrait obtenir un assentiment
unanime. En même temps qu'il offre contre l'esprit dominateur des ordres monastiques une garantie suffisante, il assure
aux religieux la libre faculté d'observer
rigoureusement la règle qu'il leur con-
viendrait d'adopter. Si tel est réellement
l'objet de leurs vœux, s'ils n'ont point
d'arrière-pensée, point de projet caché
qu'ils n'osent encore exprimer, ils n'ont
plus rien à désirer, et le plan que nous
avons tracé doit être approuvé par tout
homme de bonne foi. Mais c'est précisément un motif pour qu'il ne soit goûté de
personne; car aujourd'hui, qui parle,
qui entend le langage de la bonne foi? En
France tout est affecté, tout est d'osten-
tation, l'on n'a plus que des opinions de

parti, des sentimens de commande ; et en religion, en morale et en politique, l'on ne parle plus qu'un langage ou plutôt un jargon de convention.

Pour moi, j'ai pu me tromper, mais au moins j'ai parlé d'après ma conscience. L'on pourra me convaincre d'erreur ; on ne pourra m'accuser de mensonge ; et tout ce que je demande c'est d'être attaqué comme j'ai combattu, avec franchise et bonne foi. Mais puis-je l'espérer ? Ne vois-je pas déjà mes adversaires calomnier mes opinions afin de les rendre odieuses, et dénaturer mes pensées avant de les réfuter ? L'un, néophyte zélé, ultramontain aveugle, crie au philosophisme et à l'impiété, et dans mes projets de réforme sur les communautés, rêve d'avance le bouleversement de la religion ; tandis qu'un autre, libéral hypocrite, m'accuse de conspirer la ruine de nos libertés, que je

défends, et le renversement de la Charte,
dont je demande l'entière et franche exécution.....

Ne pourrai-je donc obtenir pour mon
propre compte cette impartialité avec laquelle j'ai moi-même jugé les autres? J'appartiens à la génération nouvelle; je suis
né pendant les troubles de la révolution;
mais je n'en ai point sucé les principes.
Élevé au contraire dans des idées de justice et d'une sage liberté, je puis apprécier avec le même esprit d'équité et nos
institutions actuelles, et celles des peuples de l'antiquité la plus reculée. Je ne
connais les communautés que par l'histoire; je n'ai été témoin ni de leurs dérèglemens ni de leurs bienfaits; et, grâce à
une éducation vraiment libérale, je ne
professe envers elles ni l'aveugle admira-
tion des dévots, ni la haine vigoureuse
des philosophes. J'ai pesé avec calme et

sang-froid les avantages et les inconvé-
niens des associations religieuses; je les ai
appréciées sans préjugé, sans prévention.
Que chacun suive cet exemple; qu'il dé-
pouille les sentimens de parti et les affections de coterie; et, je le dis avec une entière confiance, la majorité des Français
partagera mes opinions.

NOTES.

(*a*) Ordinairement toutes les propriétés de la communauté résident sur la tête de l'abbé qui , par donation ou testament, les transmet à son successeur. Mais l'on conçoit qu'une mort subite ou tout autre accident imprévu pourrait faire tomber ces biens dans les mains d'héritiers avides , qui abuseraient volontiers de leurs droits pour dépouiller la communauté.

D'un autre côté, les religieux n'étant pas mort civilement, l'on n'admet point le principe qu'ils ne possèdent rien en propre ; et j'ai connu un receveur de l'enregistrement , dans le territoire duquel existait un couvent de trappistes, et qui, lorsqu'un frère mourait, prétendait percevoir un droit de mutation sur sa robe de laine, ses sandales et son capuchon.

(*b*)«Nulle association de plus de vingt personnes dont le but sera de se réunir tous les jours, ou à certains jours marqués pour s'occuper d'objets religieux, littéraires, politiques ou autres, ne pourra se former qu'avec l'agrément du gouvernement, *et sous les conditions qu'il plaira à l'autorité publique d'imposer à la société.* » (Art. 291, C. pénal.)

(*c*) Il serait facile de démontrer par une foule d'exemples que les lois civiles modifient singulièrement les principes généraux sur la liberté des cultes.

L'art. 162 du Code civil défend à un juif d'épouser la veuve de son frère ; les lois de Moïse lui en imposent l'obligation formelle.

« Quandò habitaverint fratres simul, et unus ex eis
» absque liberis mortuus fuerit, uxor defuncti non
» nubet alteri; sed accipiet eam frater ejus, et susci-
» tabit semen fratris sui. » *Deutéronome*, chap. 25, vers 5.)

Les protestans admettent le divorce ; la loi du 8 mai 1816 déclare qu'il est aboli.

Les anabaptistes n'admettent aucune autorité spirituelle ou temporelle. « Ils prétendent que parmi des
» chrétiens éclairés par les préceptes de l'Evangile et
» guidés par l'esprit de Dieu, l'établissement des ma-

» gistrats est non-seulement une institution inutile,
» mais encore un empiètement sacrilége sur la liberté
» spirituelle, et que toutes les distinctions de fortune,
» de rang et de naissance étant contraires à l'esprit de
» l'Évangile, il faut les supprimer entièrement. Ils main-
» tiennent encore que les chrétiens doivent mettre en
» commun tout ce qu'ils possèdent, afin de vivre sur
» le pied d'égalité qui convient aux membres d'une
» même famille ; et que les lois de la nature ainsi que
» celles du Nouveau-Testament n'ayant imposé aux
» hommes aucune règle sur le nombre de femmes qu'il
» leur est permis d'épouser, ils ont droit à la même
» liberté que les lois de Dieu accordaient jadis aux
» patriarches. »

Que l'on ne dise pas que ces principes sont de pures
théories, des spéculations sans application : l'on peut
voir dans Robertson comment les anabaptistes s'étant
emparés, au commencement du seizième siècle, de la
ville impériale de Munster en Westphalie, voulurent y
mettre en pratique leurs principes de gouvernement,
et quels furent les heureux résultats de ce premier
essai (*The History of the reign of the emperor Charles V*,
by William Robertson, vol. 3, pag. 80.)

Nous ne pousserons pas plus loin nos observations

sur ce sujet, digne des plus profondes méditations, et sur lequel l'un de nos premiers publicistes, M. Bergasse, se propose, dit-on, de publier un ouvrage, auquel il travaille depuis vingt ans.

L'ABBAYE

DE LA TRAPPE.

Dans le département de....., au milieu d'un canton sauvage et désert, existe un monastère habité par des religieux de l'ordre de la Trappe. Une communauté de bernardins l'occupait jadis, mais l'abbaye a été frappée par la foudre révolutionnaire, le troupeau s'est dispersé, et les brebis exilées ne sont point rentrées au bercail. Enfin l'orage s'est calmé ; protégée par un prince aimé de Dieu, la religion relève ses autels, et les monastères renaissent de leurs cendres. Rappelés par le fils de saint Louis, des religieux de

différens ordres, qui, en Angleterre, s'é-
taient rassemblés pour vivre en commun
sous la règle de l'étroite observance de
Rancé, sont rentrés au sein de leur patrie;
l'abbaye de..... a été rachetée ; ils en ont
réparé les ruines et s'y sont établis. C'est
là qu'étrangers à tous les événemens de la
terre, les bons pères ne s'occupent que
de la pénitence et de la prière. C'est là
qu'élevant leur voix vers le ciel, ils ne
répondent aux clameurs de leurs ennemis
qu'en priant pour eux. Éloignés du monde,
cachés au milieu des forêts, ils seraient
ignorés, si, du fond de leur retraite,
leur existence ne se révélait par des bienfaits. Mais quoique isolée, leur demeure est bien connue des malheureux
qui y trouvent à toute heure des secours
et des consolations. Leur bonté hospita-
lière ne refuse personne. Elle offre un
asile au voyageur égaré, et quelquefois,

aussi, l'infortuné que la douleur accable
court chercher dans cette paisible retraite
un abri contre l'adversité. Là il s'édifie
par l'exemple des bons pères ; il apprend
à expier ses fautes par la pénitence , ou à
s'armer d'une pieuse résignation , et en
priant avec les religieux , il endurcit son
âme contre les traits de la fortune. C'est
ainsi que l'abbaye de..... est devenue
célèbre , et la curiosité , ou un zèle pieux,
y attirent chaque jour un nombreux
concours de pèlerins.

L'année dernière , j'étais à la campagne ,
chez un de mes amis qui possède une fort
jolie terre à peu de distance de la Trappe.
Un jour que j'étais sorti d'assez bonne
heure, pour respirer la fraîcheur du
matin, je prolongeai ma promenade plus
loin qu'à l'ordinaire , et je m'égarai si
bien qu'il me fut impossible de retrouver
ma route. Je marchai long-temps sans

rencontrer personne qui pût m'indiquer
le chemin du château, de sorte que je
continuai de marcher au hasard le long
du premier sentier qui s'offrit à moi.
J'arrivai ainsi à une forêt, et en suivant
un large chemin qui la traverse, je me
trouvai au bout de quelques minutes sur
les bords d'un vaste étang... J'étais à la
Trappe... Je n'avais jamais vu ce monastère, mais il me fut aisé de le reconnaître,
aux descriptions que souvent j'en avais
entendu faire. L'aspect en est simple et
n'offre rien de remarquable; cependant il
est rare que l'on n'en soit pas frappé. Pour
moi, soit à cause de l'émotion que me faisait éprouver l'aspect inopiné de l'abbaye et
les souvenirs qu'il réveillait en moi, soit
que la chaleur du jour, et l'aridité des
landes que j'avais parcourues m'eussent
disposé à admirer la fraîcheur de ces
lieux, je ne pouvais me lasser de les con-

templer. A mes pieds s'étendait un beau
lac dont la surface limpide et tranquille
réfléchissait tous les objets d'alentour ; la
forêt baignée par cette large nappe d'eau
dont elle couronne les bords, l'ombrageait
de sa tête verdoyante ; en face de moi, de
l'autre côté de l'étang, s'étendait l'enceinte
du monastère , au milieu de laquelle s'é-
lève la façade majestueuse et régulière de
l'abbaye, tandis qu'à l'autre extrémité du
tableau, j'apercevais l'antique abbatiale ,
qui, déchue de son antique splendeur ,
est maintenant la demeure du garde fo-
restier.

Ce coup d'œil enchanteur, la fraîcheur
de l'onde, l'air pur que je respirais à
l'abri du feuillage, me faisaient éprouver
une sensation délicieuse. Je demeurai
quelques instans plongé dans le ravissement ; mais enfin, sortant de ma rêverie,
je songeai à profiter de cette heureuse

5*

occasion pour visiter l'abbaye. Soudain
ma résolution fut prise, je fis le tour de
l'étang, et je frappai au portail du monastère.

Un frère convers ouvrit (1), et se prosternant à mes pieds récita le *benedicite*
par forme de salutation, puis me fit signe
de le suivre (2). Nous traversâmes les lon-
gues arcades du cloître, et après m'avoir
introduit dans une petite salle basse, il
me pria d'attendre quelques instans, tandis qu'il allait prévenir de mon arrivée
le père hôtelier. Resté seul, j'examinai
le parloir, où déjà tout annonce la sain-
teté du lieu, et frappe l'imagination. Si
les hommes sont muets dans cet asile du
silence, les murailles parlent pour eux :
des sentences tirées de l'Ecriture et expo-
sées à tous les regards, fournissent à l'é-
tranger de graves sujets de méditation.
En face de moi je lisais : *Elegi abjectus*

esse in domo Dei mei, *magis quàm habitare in tabernaculis peccatorum* ; et plus bas cet autre passage du Psalmiste, qui est le commentaire et le complément du premier : *Melior est dies una in atriis tuis super millia.* Certes on pourrait faire de cette sentence une application littérale; l'abbaye de la Trappe est bien le vestibule du ciel.

Au bout de quelques minutes, je vis entrer le père hôtelier, vêtu de sa longue robe de laine blanche, et la tête couverte de son capuchon. Il s'approcha lentement en s'inclinant profondément devant moi, ainsi que l'avait fait le frère portier; puis il me conduisit à l'église, et m'ayant présenté l'eau bénite, se retira quelques pas en arrière pour me laisser achever une courte prière; après quoi il me ramena au parloir, et me lut à haute voix un chapitre de l'Imitation (3). Le père

hôtelier me demanda alors si je désirais
me retirer dans l'appartement qui m'était
destiné, ou si j'aimais mieux visiter la
communauté, et sur ma réponse, que
n'ayant pas le projet de faire un long séjour à la Trappe, je serais bien aise de
ne pas perdre un seul instant, il me fit
parcourir toute l'abbaye.

Chaque fois que nous rencontrions un
des frères, il s'inclinait profondément,
en se prosternant presque à mes pieds(4),
car les Trappistes pratiquent avec excès
l'humilité chrétienne. Je fus pénible-
ment affecté, je l'avoue, de cette espèce
d'abaissement d'un homme envers son
semblable, et je ne pus m'empêcher de
le témoigner au bon religieux qui me servait de guide. L'orgueil, me répondit-il
en souriant, a causé la chute des anges des
ténèbres ; il a aussi perdu bien des hommes : doit-on craindre de multiplier les

précautions, pour se défendre de ce terrible ennemi * ? En effet, cette humilité des
frères n'est point de la bassesse. Parmi eux
se cachent des génies sublimes qui, préfé-
rant aux illusions du pouvoir, la tranquillité d'une humble retraite, ont enseveli
dans le cloître les qualités de l'esprit les
plus brillantes. Et pourquoi les blâmer ?
La gloire n'arrache point à la mort. Loin
de la foule insensée qui consacre à des
chimères d'un jour les facultés d'une âme
immortelle, ils suivent sans s'égarer le
chemin qui conduit à la véritable vie.

L'abbaye de la Trappe n'est pas seulement une maison religieuse ; c'est encore
une vaste manufacture où sont réunis des
ateliers de toute espèce ; c'est une école
d'agriculture où les départemens voisins
et le gouvernement lui-même entretient

_____

* *Super quem requiescat spiritus meus nisi super hu-
milem !*

un certain nombre d'élèves destinés à ré-
pandre dans les campagnes les procédés
économiques, et les méthodes nouvelles
d'améliorer les terres.

Je commençai par visiter l'établissement agricole ; je traversai les prairies ar-
tificielles où les religieux cultivent avec
succès plusieurs plantes inconnues dans
le pays avant leur arrivée, et particuliè-
rement le *Ray-grass* qu'ils ont apporté
d'Angleterre. J'admirai ensuite la simplicité et la légèreté de leurs harnais ; puis
j'examinai leurs charrues à l'anglaise,
une machine à battre le blé et un hâche-
paille qui coupe le fourrage en parcelle
très-menues, une autre machine dont on
se sert pour broyer la drèche destinée à
faire la bière, et enfin une petite grue
à l'aide de laquelle un enfant de dix ans
peut faire monter au grenier les sacs de
blé les plus pesans.

L'établissement que je visitai le plus
en détail ce fut la laiterie. C'est une
espèce de cellier taillé dans le roc et qui
doit à cette heureuse situation l'avantage
de conserver en toute saison la même tem-
pérature. Il y règne la plus grande propreté. Le beurre est apprêté avec un soin
tout particulier, et l'on y prépare aussi
des fromages excellens. La laiterie est di-
visée en quatre pièces destinées à différens
usages : la dernière est le dépôt du lait ;
mais au lieu de le conserver dans de ces
vases de terre cuite, usités dans presque
toute la France, ou dans des seaux en bois,
comme en Angleterre, les Trappistes se
servent pour cet usage de larges tables de
plomb, de deux pouces et demi de profon-
deur. Lorsque l'on a besoin de lait, on le
tire par dessous, au moyen d'un piston.

Je parcourus aussi la vacherie, grand
bâtiment de quatre-vingts pieds de lon-

gueur, avec des magasins pour le foin à chaque extrémité.

Les étables destinées aux vaches, les cloisons qui les séparent, les abat-vents adaptés de manière qu'on puisse les abaisser aisément afin de préserver ces animaux du froid, de la chaleur et des mouches, me parurent admirablement disposés, et je fus frappé de la propreté de l'étable. Au lieu de laisser les bestiaux croupir dans l'ordure, suivant l'usage de nos paysans, les Trappistes prennent soin de renouveler chaque jour la litière.

Jadis habitans de l'Angleterre, berceau de l'agriculture dans les temps modernes, contrée féconde où l'art de fertiliser la terre en variant ses productions a été porté au plus haut degré, les religieux s'y sont formés à tous les travaux du labourage, et transportant sur notre sol les secrets dérobés à nos industrieux voisins, ils

initient le cultivateur du canton, toujours
laborieux, mais souvent ignorant, à des
procédés qui jusqu'alors lui étaient in-
connus. Instruit par eux, l'habitant de
nos campagnes apprend à améliorer la
race de ses troupeaux, et à faire produire
à la terre d'abondantes moissons, sans jamais se reposer. Des machines simples,
des procédés économiques lui fournissent
les moyens de produire à moindres frais.
De nouvelles semences confiées à la terre
en doublent la richesse. Peu d'années se
sont écoulées depuis que l'abbaye est sor-
tie de ses ruines, et déjà tout a changé
d'aspect. Cette contrée inculte et aride
est devenue une plaine fertile; ainsi, lorsque la Gaule encore sauvage ne comptait
qu'un petit nombre d'habitans, l'on vit
des monastères s'élever de toutes parts;
et grâce aux travaux et au zèle infatigable
des religieux, des forêts impénétrables

6

firent place à d'abondantes moissons, et
des marais fangeux se transformèrent en
verdoyantes prairies.

Je continuai ma visite en parcourant
successivement les divers ateliers et la
forge ; je vis fabriquer des bêches, des
haches, des serpes et tous les ouvrages de
serrurerie et de maréchallerie nécessaires
à la maison. Ailleurs, je vis tisser les étof-
fes dont s'habillent les religieux. Plus loin
l'on tannait des cuirs. A quelque distance
s'élevait une brasserie, et j'ai su que la
bière des religieux, estimée dans le canton,
est également recherchée dans les villes
voisines, où il s'en fait de fréquens envois.

Enfin j'assistai à tous les travaux, et je
vis en activité des ouvriers de toute espèce, maçons et serruriers, menuisiers,
charrons, charpentiers, tailleurs, boulangers, cordonniers, ferblantiers, etc.,
et même des relieurs.

Les religieux se suffisent à eux-mêmes ;
ils fabriquent de leurs propres mains tout
ce qui est nécessaire à la consommation
de la communauté, et livrent en outre
au commerce divers produits. Je parcourus ainsi tous les bâtimens, je visitai tous
les ateliers, tous les établissemens agri-
coles et industriels. Partout je vis les
frères actifs et laborieux, et sur leur visage brillait un air de sérénité et même de
santé que l'on ne s'attend guère à rencontrer chez des hommes dont la vie est une
suite continuelle d'abstinence et d'austérités. Partout j'admirai l'ordre parfait et
la régularité qui règnent dans la maison.
L'on n'entend point ce fracas, ce bruit
de chants et de voix confuses dont on est
si souvent étourdi dans les grands établissemens manufacturiers. Ici l'on agit
sans tumulte et sans précipitation, chacun est à son poste et sait ce qu'il doit

faire; l'on commande et l'on exécute en silence; un signe, un geste suffit. L'on ne remarque point le tracas des gens affairés; cependant tout se fait bien et à propos. Les travaux s'exécutent comme par enchantement; mais c'est la magie de l'ordre. Rien ne se fait à contre-temps, par saillies et par boutades; c'est une horloge bien réglée dont les rouages marchent sans bruit et d'un mouvement toujours uniforme.

Ma visite avait été courte et rapide, et bien des choses avaient nécessairement échappé à mes observations; mais ce que j'avais vu suffisait pour m'inspirer le désir d'en connaître davantage, et je sentais qu'une journée entière pouvait être occupée avec intérêt à observer les travaux des frères de la Trappe. Mais je me rappelai bientôt que je n'étais pas venu voir une manufacture ou une ferme-modèle;

que ce n'était point des machines ou des
instrumens aratoires, mais les hommes et
leurs mœurs que je devais étudier. Ainsi,
après avoir donné un coup d'œil au ma-
tériel de l'établissement, je priai le père
hôtelier de me présenter au révérend père
abbé, et de solliciter pour moi la permission d'assister aux exercices religieux de
la communauté.

Nous ne tardâmes pas à le rencontrer;
il était occupé à donner quelques ordres,
et aussitôt qu'il m'aperçut il s'avança vers
moi.

Le père abbé, d'un âge déjà mûr, conserve encore la vigueur et la vivacité de la
jeunesse. Actif, laborieux, vigilant, il se
montre sévère pour le maintien de la
règle dont il est lui-même le plus rigide
observateur, et gouverne l'abbaye plus
encore par l'ascendant qu'il exerce sur
les esprits que par l'autorité que lui

6*

donne le titre d'abbé. Deux fois fondateur
de la communauté, il a montré dans des
circonstances difficiles toutes les ressources d'un esprit adroit et insinuant. Il
rassembla sur la terre d'exil les religieux
dispersés par la tempête révolutionnaire.
Enfans de Dieu, ils ne possédaient rien;
chassés du cloître, ils n'avaient plus
d'asile; l'industrieuse adresse du père
abbé leur offrit une sainte retraite. Ils
étaient isolés, il les rassembla; privés de
consolations spirituelles, il leur ouvrit
un temple et réussit à fonder une communauté au milieu d'un peuple protes-
tant. Par ses vertus il commanda le respect à des hommes qui font profession
de mépriser les ordres religieux, et lorsque des temps plus prospères lui permi-
rent de rentrer dans sa patrie, il rem-
porta les regrets de toute la contrée.

Il ramenait en France le précieux troupeau que la Providence avait confié à ses soins; mais depuis trente ans tout avait bien changé. Les nombreuses communautés, qui, riches des dons de la piété et des travaux de plusieurs siècles, étaient ouvertes dans toutes les provinces pour recevoir les pieux cénobites que leur piété éloignait du monde, avaient disparu. A peine en apercevait-on quelques vestiges. Les richesses du pauvre avaient été vendues et prostituées à d'avides spéculateurs. Il ne restait aux religieux chassés de leurs modestes demeures que la misère et l'abandon. Ces obstacles n'arrêtèrent point le père abbé; et pour rentrer dans sa patrie, il n'hésita point à abandonner le riche établissement qu'il avait fondé sur une terre étrangère. Il revenait en France sans biens, sans asile, son zèle y suppléera. Il s'adresse à la charité chrétienne; sa piété ranime la fer-

veur ; son éloquente persuasion triomphe
de l'avarice, et chacun s'empresse de con-
tribuer au rétablissement des frères de
de la Trappe. L'abbaye de ***, vendue
pendant la révolution, avait été respectée
par l'acquéreur ; le père abbé l'achète,
on le répare à la hâte, et bientôt la
communauté peut recevoir un grand
nombre de religieux.

Le père hôtelier me présenta à son
vénérable abbé, et se retira aussitôt.
Resté seul avec le révérend père, je lui
exposai l'objet de ma visite. — Mon père,
lui dis-je, j'éprouve le plus vif désir de
connaître par moi-même cette vie religieuse, si diversement jugée par les gens
du monde. Pourrais-je obtenir la permission de passer quelques jours parmi
vos frères, et de suivre dans toute sa rigueur la règle que vous observez ?

— Je vous accorde bien volontiers la

faveur que vous sollicitez, me répondit le père abbé avec un léger sourire; et je ne crains pas que vous en abusiez. Notre règle est austère, et le régime que nous suivons ne convient guère à la délicatesse d'un homme du monde.

— Vous êtes homme comme moi, mon père, et puisque vous ne succombez pas sous le fardeau de la pénitence, je suis capable de le supporter; je sais que l'on fait de votre existence une peinture effrayante; mais je crois aussi que le tableau est chargé : ce que l'on m'a dit serait au-dessus des forces humaines.

— Vous ne savez pas, mon fils, ce que c'est que l'amour de Dieu, et quel courage surnaturel il donne aux plus faibles créatures. Au reste voyez tout par vous-même, allez, suivez nos exercices; nous ne cherchons point à nous cacher, et loin de redouter l'examen le plus sévère, nous

le demandons, nous le désirons : s'il est
fait sans prévention, il ne saurait nous
être défavorable. Peut-être venez-vous
ici armé contre nous de tous les préjugés
qu'ont répandus les philosophes modernes ; eh ! bien, mon fils, c'est pour moi un
nouveau motif de vous engager à séjourner parmi nous. Voyez nos frères ; inter-
rogez-les ; et peut-être, quand vous les
connaîtrez, vous conviendrez de vos in-
justes préventions.

— Je vous l'avouerai, mon père, né
pendant nos troubles civils, j'ai conçu
de la vie monastique une idée peu favorable ; cependant, depuis qu'en âge de
penser et de réfléchir, j'ai considéré les
choses avec plus d'attention, je suis revenu des préjugés dont on avait imbu
mon enfance. Je ne vous condamne point
aussi rigoureusement que vous pouvez le
penser, et, j'en suis convaincu, le séjour

que je vais faire parmi vous, achèvera de
dissiper toutes mes préventions. Cependant, mon père, votre bonté m'encourage à vous parler avec franchise, et je
vais vous ouvrir toute ma pensée. Les
hommes sont nés pour vivre en société,
et, vous en convenez vous-même, ils peuvent également faire leur salut dans le
monde et dans la retraite : pourquoi donc
fuyez-vous le commerce de vos semblables ? Pourquoi, destinés à vivre avec les
hommes, vous condamner à un isolement
contre nature ?

— Et pourquoi forcer à rester dans le
monde des hommes à qui le monde ne
peut plus offrir de consolations? Pourquoi contraindre à partager vos plaisirs
des infortunés qui ne peuvent plus les
comprendre, qui accablés par le malheur, et désormais insensibles à toutes
vos jouissances, n'ont plus d'autre joie

que de savourer leur douleur? Cette retraite, mon fils, est l'asile de ceux qui
n'en ont plus sur la terre; c'est le refuge
de ceux que le monde repousse, de ceux
qui dans la société des hommes ne trouvent qu'un vaste désert. Croyez-moi, mon
fils, il est des circonstances où l'homme
ne peut se recueillir que dans la solitude
avec Dieu. Après avoir été ballotté par
les passions ou terrassé par le malheur,
ce n'est que par une secousse violente
qu'il peut revenir à soi et rétablir le
calme dans son âme.

— Mais vous êtes nés citoyens; la
nature vous a créés membres d'un état;
cette qualité vous imposait des devoirs :
pourquoi vous en affranchir et déserter
le poste qui vous était assigné? Pourquoi
ensevelir dans l'inutilité d'un cloître les
talens que le ciel vous a donnés pour un
plus noble usage? En restant parmi nous

vous pouviez, citoyens utiles, rendre à l'Etat d'éminens services, au lieu de languir dans une honteuse oisiveté.

— Jeune homme, vous êtes bien rigide sur les devoirs qu'impose le titre de citoyen, et bien indulgent peut-être sur ceux que prescrit la qualité d'enfans de Dieu. Vous nous défendez d'abandonner la place que nous a donnée la nature dans la société des hommes; et sans doute, orgueilleux philosophe, vous refusez à Dieu le droit d'ordonner à ses enfans de garder le poste qu'il leur a confié. Vous prétendez que l'on peut se débarrasser du fardeau de la vie aussitôt qu'il devient trop pesant : voilà votre justice, sages de nos jours.

Si vous étiez chrétien, mon frère, ou si du moins vous ne l'étiez pas de nom seulement, je vous dirais que toute puissance vient de Dieu; que c'est lui qui dispense la force et la gloire ; que c'est lui qui abaisse ou élève les empires. Leur prospérité est souvent la récompense des ferventes prières et de l'humble piété de ses vrais serviteurs, et les pieux cénobites qui, élevant leur voix vers le Très-Haut, appellent à toute heure sur le royaume ses bénédictions, ne sont pas des hommes inutiles. Dix justes auraient préservé Sodome de la colère divine, et lorsqu'Israël combattit Amalec dans le désert, ce ne fut point Josué qui, l'épée à la main, terrassa les ennemis du peuple de Dieu : Moïse assis sur la montagne, les mains levées vers le ciel, décida seul la victoire.

Mais ce langage ne serait pas à votre portée ; vous êtes homme du monde, c'est le langage du monde que je dois vous parler. Vous nous reprochez notre inutilité ; dites donc aussi que l'artisan, que le laboureur pauvre, mais laborieux, sont un fardeau pour l'État. Jetez les yeux autour de vous, contemplez ces campagnes fertiles qui se déroulent à vos pieds, ces riantes prairies où paissent de nombreux troupeaux ; et dites-moi ce que sont devenues les landes stériles qui affligeaient l'œil du voyageur. Quelles mains ont substitué à la bruyère inutile qui les couvrait ces belles moissons dont vous admirez la fécondité. Établis sur cette terre depuis un petit nombre d'années, n'ayant que nos bras et notre industrie, voilà ce que nous avons fait ; jugez par là de ce que nous pouvons faire un jour. Le cultivateur de ces contrées, servilement attaché à la routine de ses pères, ignorait les moyens ingénieux de féconder la terre et de multiplier les récoltes en les variant; nous nous efforçons, par nos leçons et par notre exemple, de lui faire apprécier les avantages des méthodes nouvelles que nous pratiquons. La race des bestiaux était petite et chétive, contemplez les taureaux qui errent dans nos prairies, les superbes étalons qui bondissent dans nos pâturages ; voilà les espèces que nous substituons aux races dégénérées qui existaient avant nous.

Vous le voyez, mon fils, il y a encore des landes à défricher, des marais à dessécher, des terres incultes à mettre en valeur ; il y a surtout des malheureux à consoler, des infortunés qui demandent un asile et du pain ; quand il n'en existera plus, dites alors que les monastères sont inutiles.

Cependant la haine est déchaînée contre nous et nous poursuit à grands cris. Vous voyez, mon fils, avec quelle justice on nous juge. Ah ! l'on peut nous calomnier impunément ; étrangers à ce qui se passe sur la terre, nous ne pouvons ni ne voulons répondre ; instruits par l'exemple de notre divin maître , notre devoir est de supporter les injures avec patience , et de tout souffrir sans nous plaindre.

— Je l'avouerai volontiers , mon père , vos loisirs sont quelquefois utiles ; vous pouvez améliorer la contrée que vous habitez et soulager les malheureux qui vous entourent. Mais en agissant ainsi , vos vues sont étroites et bornées. Ce n'est point l'amour du bien public qui vous anime ; un froid égoïsme auquel vous vous condamnez par l'isolement , voilà le mobile unique de toutes vos actions. Votre cœur ne bat point au mot de patrie ; vous êtes insensible au récit de sa gloire et de ses dangers ; pour vous , l'univers se borne à l'étroite enceinte du monastère.

— Et dites-moi , mon fils , quel est l'homme qui agit uniquement en vue du bien public ? qui , dépouillant tout in-

7*

térêt personnel, n'est animé que du désir d'être utile à ses concitoyens? Ce riche manufacturier qui sacrifie des sommes immenses pour améliorer ses produits, qui dérobe à grands frais, à l'Inde, ses tissus les plus précieux, à l'Angleterre ses machines les plus ingénieuses, est-ce l'amour du bien public qui le dirige? Non sans doute; c'est le désir de l'emporter sur ses rivaux, en livrant au commerce des marchandises de meilleure qualité et à moindre prix. Ce banquier opulent qui ne connaît pas sa richesse, et qui, prévenant les besoins du gouvernement, s'empresse de lui ouvrir ses trésors, est-ce la gloire du royaume qu'il envisage? Étranger à la France, il songe peu à sa prospérité; mais par cette opération, il espère réaliser de gros bénéfices. Ce ministre laborieux qui consacre aux affaires publiques tous ses instants, qui, dans ses veilles

occupées, se livre aux plus pénibles
travaux, sont-ce la puissance et la grandeur
de l'État qui l'intéressent ? Il vendrait le
royaume pour conserver le ministère ;
mais il satisfait son ambition, une soif
insatiable d'honneur et de pouvoir, et
sacrifie sa santé, son repos et son bonheur
au vain plaisir de gouverner les hommes.
Ce jeune insensé qui, possesseur d'une
fortune immense, la dissipe en folles
dépenses ; cet avare qui, entassant trésors
sur trésors, meurt de faim au milieu de
ses richesses, sont-ce là des citoyens utiles,
enflammés de l'amour du bien public ?
Ah ! mon fils, soyez de bonne foi ; l'amour
de la patrie n'est plus qu'un mot vide de
sens, qui sert à voiler les motifs honteux
qui vous font agir. Parcourez tous les
rangs de la société, vous ne verrez partout qu'égoïsme, avarice et ambition.
Descendez depuis le fonctionnaire le plus

éminent en dignité jusqu'aux dernières classes du peuple, depuis l'homme d'État jusqu'au simple artisan; vous verrez qu'un seul mobile les fait agir, la soif des richesses.

Enfin, soyez juste, et ne vous montrez pas à notre égard plus exigeant qu'envers les autres hommes. Dans le monde, chacun est libre de choisir la profession qui lui convient. Les oisifs, les prodigues, inutile fardeau de la terre, ne sont point l'objet de vos mépris; pourquoi réservez-vous le blâme uniquement pour les religieux cloîtrés? Ah! mon fils, ouvrez enfin les yeux, et reconnaissez que les préventions des hommes du siècle vous ont étrangement aveuglé. Nos ennemis déguisent mal les motifs de leur haine; ce n'est pas une vie oisive qui nous rend odieux, c'est notre consécration à Dieu, c'est le spectacle de notre piété. Les insensés! ils ont dit dans leur cœur : — Il n'y a point de Dieu; et tout ce qui leur rappelle un maître qu'ils s'efforcent en vain d'oublier, est pour eux un objet d'horreur.

— Il me semble, mon père, que si les philosophes vous jugent avec sévérité, vous les traitez à votre tour avec une rigueur excessive. Ils ne professent point cette haine que vous leur supposez ; mais zélés pour la propagation des idées nouvelles, ils voient avec peine les obstacles que vous opposez aux progrès des lumières.

— Nous sommes, dites-vous, des fauteurs de l'ignorance, ignorans nous-mêmes ; nous cherchons à éteindre la lumière des sciences. Avez-vous oublié combien de prédicateurs fameux sont sortis des monastères, combien de prélats distingués, combien de pontifes justement célèbres ont été choisis parmi nous ? Avez-vous oublié ces ouvrages d'une érudition

effrayante, ces corps d'histoire, fruit d'un
travail immense, qu'ont produits les communautés ? Quel est l'homme qui, au milieu des distractions du monde, et dé-
tourné par les devoirs que la société impose, aurait osé entreprendre les travaux
que nous avons exécutés ? Les communautés, pendant plusieurs siècles, ont été
le seul asile des sciences et des lettres ;
c'était l'unique source où l'on pût aller
puiser le savoir, et plusieurs des rois dont
le règne a honoré la France, furent élevés
dans des monastères. Ils y passaient leur
enfance, et se préparaient dans la retraite
au grand art de gouverner les hommes.

Non, nous ne cherchons point à éteindre
les lumières ; nous connaissons trop bien
les paroles de l'Écriture : Ne cachez point
le flambeau sous le boisseau. Nous nous
rappelons encore quel esprit animait nos
prédécesseurs, et les hommes de lettres

devraient se le rappeler comme nous. Si nos
écrivains du grand siècle ont échauffé leur
génie par la lecture des anciens, si ces trésors de l'antiquité ont été conservés pour
servir de type du beau idéal, c'est à nous
qu'on le doit, c'est nous qui les avons pré-
servés de la destruction. Lorsque les ténèbres de la barbarie couvraient toute l'Europe ; lorsque les peuples, revenus à l'enfance, croupissaient dans la plus sordide
ignorance, ce sont les monastères qui ont
été l'asile des connaissances humaines ; ce
sont eux qui ont conservé les précieuses
étincelles des lettres et des arts, qui, dans
l'âge suivant, ont brillé d'un si vif éclat.
Oui, nous aimons, nous cherchons la lumière, mais c'est la lumière qui vivifie, et
non celle qui tue ; celle qui nous guide
dans la véritable route, et non celle
qui égare ; celle dont il est dit qu'elle est
la vraie lumière, venue dans le monde

pour éclairer tous les hommes, et non
cette lueur incertaine qui éblouit les sages
du siècle et les précipite dans les ténèbres ; semblable à ces feux follets qui
n'éclairent le voyageur que pour l'entraîner dans le précipice.

— Je le sais, mon père ; « les premiers
» monastères ont conservé la religion dans
» des temps misérables; c'étaient des asiles
» pour la doctrine et la piété, tandis que
» l'ignorance, le vice et la barbarie inon-
» daient le reste du monde. On y suivait
» l'ancienne tradition, soit pour la célébra-
» tion des divins offices, soit pour la pra-
» tique des vertus chrétiennes, dont les
» jeunes voyaient les exemples vivans dans
» les anciens. On y gardait des livres de
» plusieurs siècles, et on en écrivait de
» nouveaux exemplaires : c'était une des
» occupations des religieux; et nous possé-
» dons une quantité d'excellens ouvrages

» qui eussent été perdus pour nous, sans
» les bibliothèques des monastères.

» Cependant, comme les choses ont
» entièrement changé de face en Europe,
» depuis la renaissance des lettres et l'éta-
» blissement de la réformation, le nombre
» prodigieux des monastères qui a con-
» tinué de subsister dans l'église catholi-
» que, est devenu à charge au public,
» et procure manifestement la dépopu-
» lation ; il suffit pour s'en convaincre de
» jeter un coup d'œil sur les pays protes-
» tans et catholiques : le commerce ranime
» tout chez les uns, et les monastères por-
» tent partout la mort chez les autres *. »

« Ce métier de continence a anéanti
» plus d'hommes que les pestes et les
» guerres les plus sanglantes n'ont jamais
» fait. On voit dans chaque maison reli-
» gieuse une famille éternelle où il ne

* Encyclopédie.

8

» naît personne , et qui s'entretient aux
» dépens de toutes les autres. Ces mai-
» sons sont toujours ouvertes comme au-
» tant de gouffres où s'engloutissent les
» races futures *. »

« Un grand politique italien me disait
» dans ma jeunesse: — *Caro figlio*, souve-
» nez-vous que les Juifs n'ont jamais eu
» qu'une bonne institution, celle d'avoir la
» virginité en horreur. Si ce petit peuple
» de courtiers superstitieux n'avait pas
» regardé le mariage comme la première
» loi de l'homme , s'il y avait eu chez lui
» des couvens de religieuses, il était perdu
» sans ressources **. »

—On le voit bien, mon fils, vous vivez
avec nos ennemis , car vous parlez leur
langage, et, disciple docile , vous répétez
sans examen les leçons que la prévention

* Montesquieu.
** Voltaire.

vous a dictées. Ne voyez-vous pas, jeune homme, que vous prenez l'effet pour la cause ? Ce n'est jamais faute de bras que l'industrie languit, c'est la stagnation du commerce qui arrête l'accroissement de la population. Si vous voyez certaines contrées pauvres et désertes, ne l'imputez point aux ordres religieux ; accusez l'imprévoyance et l'impéritie des princes qui gouvernent. Partout où l'industrie sera florissante, la population croîtra dans une progression rapide, et les hommes trouveront aisément des moyens de subsister; mais si vous vous bornez à multiplier les mariages par des primes d'encouragement, vous ne ferez que rendre plus pesant le fardeau des prolétaires. Comme en Irlande, la population et la misère croîtront dans la même proportion(5). D'ailleurs, mon fils, les principes d'économie politique ne sont-ils pas néces-

cessairement modifiés par les circonstances ? Les monastères pouvaient être un
inconvénient lorsque la population, encore peu nombreuse, couvroit à peine la
moitié de la France ; mais ne sont-ils
pas un bienfait maintenant que les Etats
regorgent d'une telle exhubérance d'hommes, que bientôt la terre ne pourra con-
tenir ses habitans ? Lorsque vos publicistes les plus distingués s'effraient de ce
prodigieux accroissement de la population (6) ; aujourd'hui que les hommes se
pressent dans l'étroite carrière des emplois publics ; et que les propriétés, sub-
divisées à l'infini, ne laissent en perspec-
tive qu'une indigence générale, ne doit-
on pas de la reconnaissance aux hommes
qui se consacrent au célibat ?

Enfin, mon fils, ce ne sont pas les
préceptes du monde, ce sont les lois de
Dieu, que nous prenons pour règle de

conduite. Les pères de l'Eglise exhortent les vrais serviteurs du Très-Haut à vivre loin des femmes *. Nous suivrons sans crainte des guides aussi sûrs. Mais si nous renonçons au mariage, c'est pour nous consacrer tout entiers au service de Dieu ; c'est pour que les soins de la terre ne nous détournent point des pensées du ciel. Au contraire, si vous voyez, parmi les hommes du siècle, augmenter chaque jour le nombre des célibataires, c'est parce que cet égoïsme que vous nous reprochez si amèrement, existe plus encore dans le monde que parmi nous. Ces hommes qui ne se privent des douceurs de l'union conjugale que pour se livrer sans con-

---

* *Bonum est homini mulierem non tangere. Qui sinè uxore est, cogitat ea quæ sunt Dei, quomodò placeat Deo. Qui autem matrimonio junctus est, cogitat ea quæ sunt mundi, quomodò placeat uxori.* (Conf. S. Augustin. 2. v. 2.)

trainte aux penchans les plus honteux ;
qui, renonçant aux tendres affections de
famille, se font une jouissance de leur isolement, et ne songeant qu'à eux, ne vivant
que pour eux, se montrent durs et froids
pour tout le monde, insensibles à tout
ce qui leur est étranger, ne sont-ils pas
les modèles du plus parfait égoïsme ?
Sont-ce là les citoyens utiles dont vous
opposez le patriotisme à notre tranquille
oisiveté ?

— Vous détruisez pièce à pièce les
préventions que j'avais conçues ; et je
vois, mon père, que vous voulez me forcer
à vous admirer. Cependant je ne me rends
pas encore. De graves abus ont déshonoré
votre institution, et je voudrais savoir
comment vous les défendrez. Et pour
n'en citer qu'un seul exemple, mon père,
comment justifierez-vous ces immenses
richesses que possédaient jadis les com-

munautés ? Pensez-vous qu'elles fussent
bien nécessaires à des gens qui avaient
fait vœu de pauvreté ?

— Aux yeux de bien des gens, voilà,
mon fils, le tort le plus grave que l'on
puisse nous reprocher; et lors même que
l'on n'ose l'avouer ouvertement, c'est le
motif secret qui anime à notre ruine. Nos
biens étaient devenus considérables; ils
ont excité l'envie, et pour nous punir
d'avoir été trop riches, on ne nous a rien
laissé. Il faut l'avouer, la générosité des
fidèles a été poussée quelquefois jusqu'à
la prodigalité, et notre opulence a fait
naître des abus dont nos ennemis ont ha-
bilement profité pour nous perdre. Mais
ces abus provenaient du fait des hommes,
et non du vice de l'institution. D'ailleurs,
remarquez-le bien, mon fils, la plupart
des propriétés que nous possédions avant
la révolution étaient le fruit de notre

travail ; les produits accumulés de nos
économies et de notre industrie. Au surplus, lors même que l'ordre était riche,
chaque individu était pauvre. Nos biens
étaient le patrimoine des malheureux ;
nous les possédions, et nous n'en jouissions
pas. Voilà pourquoi nos richesses s'étaient
prodigieusement accrues. Vivant de privations, les revenus de la communauté
étaient plus que suffisans pour nous faire
subsister, et s'accumulaient d'année en
année. A force de patience et de travail,
cette abbaye, si pauvre maintenant, de-
viendra riche un jour; mais, dites-le-moi,
chacun des religieux le sera-t-il davantage ? Non, mon fils. Sa dépense d'une
année sera toujours bornée à une soixan-
taine de francs(7), comme elle l'est aujour-
d'hui. Satisfait de trouver sa *portion* préparée à l'heure du répas, il ne s'informera
point si l'abbaye acquiert de grandes pro-

priétés. Ainsi l'accroissement de nos revenus tournera moins au profit de la communauté qu'à l'avantage des pauvres du
canton.

— Mon père, je suis désarmé ; vous
m'avez convaincu que le monde vous a
lâchement calomniés ; cependant permettez-moi une dernière objection. Je la puise-
rai dans vos propres principes. « Il me sem-
» ble, mon père, que vous vous condam-
» nez sans motif à des austérités qui abrè-
» gent la vie, et qui, par leur rigueur,
» font injure à la divinité. Vous oubliez que
» Dieu est le plus miséricordieux des pères,
» pour ne voir en lui que le plus cruel des
» tyrans. Vous réduisez à rien les souffran-
» ces, la mort et la passion de Notre-Sei-
» gneur, et ne semblez considérer la reli-
» gion que du côté effrayant et terrible*. »

---

* V. *l'Encyclopédie* au mot *Trappe.*

—Non, nous n'oublions point que le Dieu que nous servons est un Dieu plein de bonté et de miséricorde ; mais nous nous rappelons aussi que sa justice est rigoureuse. Nous savons que l'esprit est prompt, mais que la chair est faible, et que les passions assiégent sans cesse le cœur de l'homme. Enfin que diriez-vous, mon fils, si l'on vous démontrait que cette vie, si dure en apparence, offre le double avantage de promettre une éternelle félicité dans l'autre monde, et de faire jouir d'un bonheur inaltérable dans celui-ci? Tel est cependant l'heureux fruit de cette règle à laquelle nous sommes assujétis. Une fois que le sacrifice est consommé, lorsque nous avons pris la ferme résolution de renoncer pour toujours au commerce des hommes, le cloître ne nous offre plus que bonheur et satisfaction. Aussi, dans les siècles passés, après avoir rempli l'uni-

vers du bruit de leurs exploits, et cherché dans les combats ou les illusions de
la gloire, le bonheur qui n'existe qu'au
sein de Dieu, les puissans de la terre, dépouillant la pourpre pour revêtir l'humble habit des religieux, sont venus souvent
goûter le repos parmi nous. Ils avaient
épuisé tous les plaisirs que donnent le
pouvoir et l'opulence, ils en reconnurent
la vanité, et las de cet appareil trompeur,
vinrent chercher dans l'obscurité de nos
humbles retraites la paix qui les avait
fuis sur le trône au sein de la grandeur.

Vous l'avez sans doute éprouvé vous-
même, mon fils; pour trouver le bonheur
sur la terre, il nous faut le calme et le
repos; une vie agitée est rarement heureuse. Au milieu des austérités qui vous
effraient, nous goûtons une véritable félicité, inconnue aux heureux du siècle.
Ils portent sur le front l'apparence du

bonheur ; mais, cachés au fond de leur
cœur, les soucis rongeurs les dévorent
sans cesse. L'ambition, l'avarice, les contrariétés qui, chaque jour, renversent les
projets de la veille, sont autant d'épines
déchirantes qui ne leur laissent aucun repos. Pour nous, confians dans la parole
d'un Dieu qui ne promit jamais en vain,
nous coulons paisiblement notre vie sans
projets et sans désirs. Chaque jour ressemble à celui qui l'a précédé et à celui
qui doit le suivre ; chaque jour ramène
les mêmes occupations et les mêmes travaux ; mais heureux au milieu de cette
tranquille uniformité, nous attendons en
paix l'avenir, cet espace inconnu, sujet
éternel des craintes, de l'espoir et des
rêves chimériques des autres hommes. Le
dernier instant de la vie, si terrible pour
les heureux du monde, qui arrête tant de
projets, trompe tant d'ambitions, anéan-

tit tant d'espérances, est l'aurore de notre félicité, l'heureux moment qu'appellent tous nos vœux.

Je le vois, ce langage vous étonne ; vous avez peine à le croire sincère, et vous pensez peut-être que désormais engagé pour la vie, il répugne à mon amour-propre de vous faire l'aveu de mon repentir. Détrompez-vous, mon fils ; dans ce lieu de pénitence, nous sommes au-dessus des petites passions des homme et des puérilités d'un vain amour-propre. Nous ne connaissons que la vérité, et nous ne professons qu'elle. Ce que je vous dis en ce moment, vous l'entendrez répéter par tous nos frères. Mais vous êtes jeune ; né pendant les troubles de la révolution, élevé dans l'apprentissage de ses doctrines, et par des maîtres qui l'ont faite, vous ne connaissez les monastères que par les diatribes de nos ennemis, et vous vous per-

suadez qu'une communauté n'est qu'une
odieuse prison où l'on retient par la contrainte les malheureux que la violence y
a renfermés, ou bien un assemblage de
pieux fainéans qui ne cherchent dans le
cloître que le plaisir de ne rien faire. Il se
présente une occasion de vous désabuser,
et je suis bien aise que vous en profitiez.
Je voudrais que tous les étourdis qui nous
condamnent avec tant de légèreté, con-
sentissent à renoncer à leurs plaisirs,
pour s'enfermer pendant quelques jours
dans cette abbaye, afin de nous connaître
avant de nous juger. Puisque vous êtes
disposé à faire cette épreuve, parcourez
notre maison, assistez librement à tous
nos exercices; conversez même avec mes
frères; je suspens en votre faveur la règle
qui leur prescrit le silence. Sondez leurs
cœurs, pénétrez leurs plus secrètes pensées, cela vous sera facile, ils ne connais-

sent point l'art de dissimuler. Voyez enfin
si, dans ce grand nombre de religieux que
le monde plaint sans doute, et que vous
croyez si malheureux, il en est un seul
qui voulût changer les austérités de la pénitence pour tout ce que l'opulence et la
grandeur peuvent offrir de plus séduisant.

En entrant dans l'abbaye, je ne songeais qu'à satisfaire une vaine curiosité,
et à passer agréablement quelques heures
en observant des mœurs et un genre de
vie nouveaux pour moi. Mais l'entretien
que je venais d'avoir avec le révérend
père abbé m'avait découvert une nouvelle
source de plaisir. Ce n'étaient plus les
exercices religieux des frères et leurs habitudes austères que je me proposais d'exa-
miner ; je voulais descendre jusqu'au fond
de leur cœur, en sonder les replis, en
épier tous les mouvemens, et découvrir
enfin si, sous une apparence de calme

et de sérénité, ils ne cachaient point quelque regret d'avoir renoncé au monde.

Les réflexions du père abbé avaient changé toutes mes idées sur la vie monastique ; cependant je doutais encore que le bonheur habitât cette retraite. Serait-il possible, me disais-je, que ces hommes, que je plains du fond du cœur, fussent réellement heureux ? Se pourrait-il qu'au milieu des mortifications et des privations, ils eussent trouvé cette félicité que nous cherchons en vain parmi la dissipation et les plaisirs ?

En méditant ainsi, je suivais un sentier bordé d'une haie d'aubépine, et bientôt je me trouvai au milieu du jardin. C'était l'heure du travail, et les religieux de chœur, l'arrosoir ou la bêche à la main, s'occupaient à cultiver la terre. Afin de se livrer plus commodément au travail, les frères avaient quitté la coule,

ne conservant qu'un simple vêtement
de dessous, serré par une ceinture de
cuir, et recouvert d'un long scapulaire
noir. De temps en temps, l'un d'eux
frappait des mains, et, à ce signal, tous
les religieux portant leurs regards vers le
ciel élevaient leur âme à Dieu ; puis ils
continuaient leur travail (8).

Je contemplais cette laborieuse activité,
en me promenant le long de la grande
allée, lorsque l'aspect de l'un des frères
me frappa. Sa figure était noble et imposante, mais son front sillonné de rides,
ses joues caves et ses mains desséchées
annonçaient la caducité. Cependant il
travaillait avec une ardeur peu propor-
tionnée à ses forces, et la sueur inondait
son visage. Plusieurs fois je passai près de
lui ; mais tout entier à son travail, il n'y
prenait pas garde. Enfin entraîné par l'expression de douceur et de bonté qui régnait

9*

sur ses traits , je me décidai à l'aborder.

— Mon père , lui dis-je , il me semble
que vos occupations ne conviennent point
à votre faiblesse ; cette bêche est trop pe-
sante pour vos mains débiles , et votre
âge vous interdit les pénibles travaux.

— Mon fils , quel intérêt prenez-vous
à ce qui vous est étranger ?

— Je suis homme et chrétien , rien de
ce qui concerne mes frères ne m'est indifférent. Ah ! mon père , permettez-moi
de vous le demander , pourquoi vous
accabler de travaux et de fatigues ? De
quel crime vous êtes-vous rendu coupable pour vous martyriser ainsi ?

Le bon religieux ne répondit qu'en
poussant un profond soupir.

— Ma curiosité est peut-être indiscrète ;
mais je vous en conjure , mon père , si
ce n'est pas ranimer en vous un souvenir
trop pénible , faites-moi le récit de vos

malheurs, et si je ne puis vous offrir
d'autre consolation, vous obtiendrez au
moins une tendre pitié.

Le bon père sembla hésiter un moment,
puis après quelques minutes de silence.

— Vous le voulez, dit-il , je vais vous
satisfaire. Il en coûte à mon cœur de
revenir sur mes années d'égaremens et de
faiblesse ; mais dois-je me plaindre d'un
moment de souffrance s'il peut servir à
votre édification ?

Le religieux s'assit sur un banc de gazon, je me plaçai près de lui, puis il
reprit ainsi :

Vous vous attendez peut-être, mon fils,
à entendre le récit de ces grandes catastro-
phes dont le Seigneur se plaît à frapper
les serviteurs égarés qu'il veut ramener
à lui ; mais je n'ai point éprouvé, comme
plusieurs de nos frères, les caprices de la
fortune. C'est en moi seul que j'ai trouvé

un ennemi, et l'histoire de ma vie n'est
que celle de mes passions. Cependant, si
je ne puis vous intéresser par de grandes
infortunes, peut-être trouverez-vous quelque plaisir à reconnaître dans le tableau
de mes sensations l'image de ce que vous-
même avez éprouvé ; car quel est l'homme
qu'une froide raison a toujours guidé ?
Pour moi, mon fils, j'ai trop long-temps
négligé ses préceptes. Un cœur brûlant,
une imagination ardente ont fait mon
malheur dans le monde, et m'ont poursuivi jusque dans cet asile de paix et d'in-
nocence. Long-temps j'ai cherché parmi
les hommes un être digne de mon affection. Ah ! si j'en avais trouvé un seul qui
partageât mon délire, s'il eût existé une
âme capable d'entendre la mienne, qu'elle
eût été ma félicité ! Un ami sincère, une
femme fidèle, auraient assuré mon bonheur. Vous n'avez pas voulu, ô mon Dieu,

m'accorder l'unique objet de mes vœux !
Mon ivresse eût été trop profonde, et votre
serviteur, plongé dans l'égarement d'une
passion terrestre, aurait oublié que vous
seul êtes digne de son amour. Mais combien il m'en a coûté pour renoncer à une
illusion sur laquelle j'avais fondé mon
bonheur ! Enfin las de poursuivre une
vaine chimère, et reportant mes affections
vers celui qui est la source de tout amour,
je compris que Dieu seul peut fixer un
cœur qui ne vit que pour aimer.

Ah ! mon fils, les hommes du siècle
nous connaissent bien peu. Ils jugent mal
les actions qui partent d'une âme géné-
reuse. Que trompé dans ses espérances,
trahi dans ses plus chères affections, un
homme rompe tout à coup avec le monde,
et s'ensevelisse dans le cloître, sa retraite
passe pour l'effet d'un caprice. On ne songe
pas qu'une âme forte est faite pour les ré-

solutions extrêmes ; et celui qui a vainement placé son bonheur dans les plaisirs
du monde ; celui qui par la satiété s'est
convaincu de leur néant, n'est-il pas amené,
en dépit de lui-même, à chercher la paix
au sein de Dieu? J'en suis moi-même un
exemple , mon frère ; pendant mes
jeunes années, c'est des hommes seuls
que j'attendais mon bonheur. Né pour
les aimer et digne d'être aimé d'eux, la solitude et la retraite me semblaient un supplice, et il a fallu une grande catastrophe
pour m'arracher à mes premiers penchans.

Je suis entré dans le monde avec un
caractère vif et léger ; mais sous ces de-
hors frivoles je cachais des qualités so-
lides et un cœur capable du plus sincère attachement. Les liaisons superfi-
cielles que l'on forme dans le commerce
ordinaire de la société étaient bien loin
de suffire à mon bonheur ; il me fallait

une affection vive, profonde et surtout durable. Je sentais que si j'aimais ce serait pour la vie : jeune, sans expérience, j'étais loin de soupçonner alors que ce penchant ferait mon malheur ; hélas ! j'en attendais toute ma félicité !

Je fus quelque temps enivré par la dissipation. Entraîné par un tourbillon rapide, je remplissais mes journées de projets et d'occupations frivoles qui ne me laissaient pas le loisir de me reconnaître. Mais cette ivresse fut promptement dissipée. Le plaisir n'est pas le bonheur, je m'aperçus bientôt que toutes les jouissances de la terre deviennent insipides si elles ne sont partagées. Faisant un triste retour sur moi-même, je vis que j'étais seul dans le monde, et cette réflexion affligeante bouleversa toutes mes idées. Je commençai une ère nouvelle, et ce fut celle de mes malheurs.

Vous devinez déjà, mon fils, qu'une âme aimante m'entraînait vers ce sexe trompeur, qui, destiné à embellir le pénible trajet de la vie, aime mieux en faire le tourment; oui, mon fils, long-temps dupe des rêves de mon imagination, j'adorai la statue que j'avais créée; je me plaisais à l'embellir de tous les charmes, à la parer de toutes les perfections; mais lorsque rempli de cette image idéale, je voulus en chercher le modèle sur la terre; lorsque brûlant du désir de partager mon existence je descendis à la réalité, l'illusion se dissipa, le charme fut rompu; je connus enfin les femmes, et ce fut pour les haïr. Je cherchais une compagne qui m'aimât pour moi-même; qui, sacrifiant tout à mon amour, ne connût d'autre bonheur que celui de vivre pour moi; et dans ma crédule simplicité, je croyais ce prodige facile à trouver : hélas! quelle

était mon erreur ! Je ne rencontrai partout que fausseté et coquetterie, perfidie
et vanité. Savantes dans l'art de dissimuler, les femmes prennent plaisir à se dé-
guiser ; chez elles tout est de commande,
et tromper est un besoin. L'amour-propre,
voilà le mobile de toutes leurs actions.
Celle qui, par mille artifices, cherche à
captiver nos hommages, cède moins à
un tendre penchant qu'au désir de dés-
espérer une rivale. Incapables d'éprouver
de grandes passions, les femmes craignent
d'en inspirer. Elles ne demandent point
un amant qui les adore ; mais un conteur
agréable qui les amuse ; au véritable attachement d'un cœur sensible, elles pré-
fèrent le badinage d'un fat aussi léger,
aussi frivole qu'elles-mêmes, et dont
l'hommage flatte leur sot orgueil. Chez
elles tout est vanité, l'amour n'est qu'un
passe-temps, un jeu sans conséquence,

que l'on quitte aussitôt qu'il ennuie, et où l'on change de partner à volonté.

» Ce langage vous étonne, mon fils, il vous paraît étrange sous l'habit dont je suis revêtu ; mais je n'ai pas toujours porté la coule ; avant de me dévouer à la retraite, j'ai vécu dans le monde, et j'ai assez connu les femmes pour avoir le droit de les juger.

» Quant à moi, l'amour me semblait une affection trop sérieuse pour la traiter légèrement. Dès l'instant que j'aimai, ce sentiment absorba toutes les facultés de mon âme ; mon caractère changea tout à coup, je perdis ma gaieté ; la vivacité et l'enjouement qui plaisaient en moi firent place à la tristesse ; je devins pensif et rêveur, craintif et timide ; et je sentais ce défaut naturel augmenter encore auprès des femmes. La présence de celle dont j'ambitionnais l'affection m'inspirait un trouble, une émotion qui me frappaient

de stupeur. Tout occupé du plaisir de la
voir, je ne songeais plus à lui parler,
et souvent, assis auprès d'elle, je me
bornais à la contempler avec ivresse, et à
soupirer en silence. Mon maintien devenait gauche et embarrassé; jaloux et dé-
fiant, la crainte de n'être pas aimé me
rendait peu aimable, et il eût été difficile
à un œil indifférent de distinguer sous
cette enveloppe glacée les feux dévorans
qui m'embrasaient. Ils n'échappaient pas
sans doute aux regards pénétrans de celle
qui en était l'objet; une femme s'aperçoit de l'amour qu'elle inspire, même
avant celui qui l'éprouve. Ah! si celle
que j'adorais avait su m'apprécier, mon
bonheur eût été au comble! Mais non,
un amant tel que moi flattait peu sa vanité. Je m'aperçus bientôt que mes vœux
n'étaient point agréés; elle ne répondait
à mes feux que par une pitié dédaigneuse.

J'étais fier, d'un amour-propre irascible ;
je fus humilié de sa pitié et révolté de sa
hauteur : je ne me sentais pas fait pour
inspirer le mépris. Alors mon amour se
changea en haine ; je jurai de ne la revoir de ma vie, et mon humeur chagrine s'étendant sur tout le genre humain,
je rompis tout commerce avec les hommes.
Fuyant le monde, dont je me croyais
repoussé, je me plongeai dans la solitude
pour laquelle je n'étais pas né. Là, aigri
par les contrariétés, toujours occupé d'i-
dées sinistres dont je me plaisais à nourrir
mon imagination, je devins sombre et mélancolique ; mes penchans, mes goûts,
changèrent entièrement. La société des
hommes, que j'avais recherchée avec
ardeur, m'était insupportable, et la vue
d'une femme m'inspirait des mouvemens de haine et d'horreur. Toujours
seul, je dirigeais mes promenades vers les

lieux les moins fréquentés ; poursuivi par
des images sombres, l'idée de chercher
des consolations dans les plaisirs du
monde m'était odieuse, et cependant la
solitude redoublait ma tristesse. Je m'y
complaisais pourtant de plus en plus, et
bientôt la profonde mélancolie qui me
consumait frappa tous les regards. In-
quiets de cette langueur mortelle, les anciens compagnons de mes plaisirs firent
de vains efforts pour m'en arracher ; et
voyant tous leurs soins inutiles, ils son-
gèrent à me faire contracter une union
qui semblait avantageuse. Mais les amis
qui formaient pour moi de semblables
projets, ne connaissaient pas l'état de
mon cœur. Déchiré par la douleur, il
avait perdu le calme et la tranquillité
nécessaires pour apprécier les jouissances
pures, mais simples et monotones, que
promet le mariage. Aussi, je repoussai

loin de moi leurs sages conseils. Non,
répondis-je avec amertume, je suis destiné au malheur, je le sais, mais je veux
être seul aux prises avec lui. Personne ne
pourra me reprocher un jour de l'avoir
associé à mon sort pour l'entraîner dans
ma ruine. Ne me parlez pas de bonheur,
ce n'est qu'un vain mot, il n'existe pas
sur la terre; je l'ai cherché où la nature
me l'avait promis, dans les feux brûlans
de l'amour, dans les doux épanchemens
de l'amitié, et mon âme aimante était
digne de l'y rencontrer; je n'ai trouvé
partout qu'anxiété, angoisse et tourmens.
Moi, m'enchaîner dans les liens du mariage! Et pourquoi m'asservir à ce joug
insupportable? pour me voir renaître
dans ma postérité? Pourquoi donner la
vie? est-elle donc un bienfait? Non, je ne
laisserai point après moi le funeste héri-
tage de maux et de douleurs que j'ai reçu

de mes pères ; je maudis l'instant fatal
où j'ai reçu le jour, je ne veux point entendre des infortunés me reprocher à leur
tour de les avoir tirés du néant pour les
condamner au malheur. Je garderai pour
moi seul les maux épouvantables que le sort
accumule sur ma tête ; j'aime mieux suc-
comber sous le fardeau que de le partager.

» Effrayés de mon désespoir, les amis
d'enfance avec lesquels j'avais conservé
certaines relations de société, s'efforcèrent
de me procurer quelques distractions ;
mais fatigué de leurs attentions impor-
tunes, je les maudissais ; et pour m'en affranchir, je résolus d'aller me fixer à Paris. C'est là, me disais-je, que je serai vraiment libre. Là, inconnu à tout ce qui vous
entoure, vous n'avez point à craindre de
trouver dans chaque voisin un espion in-
commode. Je ne verrai point les impor-
tuns venir à titre d'amis assiéger ma porte

et m'enlever à mes tristes pensées, pour me forcer à prendre du plaisir. Rien ne troublera ma mélancolie.

» Je partis; je m'éloignai de ma ville natale, et en jetant sur elle un dernier regard au moment où le superbe clocher qui la domine allait disparaître à ma vue, je ne pus retenir mes larmes. Je vais donc quitter pour toujours cette riante cité où s'écoulèrent en paix les jours heureux de mon enfance ! C'est là que j'ai reçu les premiers baisers d'une tendre mère ; c'est là, qu'entouré d'une famille nombreuse, je goûtai le bonheur pur que l'on ne connaît qu'au jeune âge. C'est là que reposent, dans la poussière des tombeaux, les restes chéris des auteurs de mes jours. Adieu, rives charmantes, témoin de mes premiers plaisirs. Adieu, toit paternel jadis asile de la félicité. Anciens compagnons de mes jeux enfantins, adieu; je

vais au loin chercher la paix et le repos
que je ne puis trouver auprès de vous.
En achevant ces mots, j'éprouvai un ser-
rement de cœur indéfinissable. Indécis,
immobile, j'hésitais encore. Enfin le désespoir l'emporte; je détourne la tête, et
marchant à grands pas, je m'éloigne pour
jamais de la cité qui m'a vu naître, avec
la douleur de n'y rien regretter.

» J'arrivai à Paris, et je réussis trop bien
à trouver l'isolement que j'y venais chercher. Paris, cité maudite, nouvelle Baby-
lone, asile impur du vice et de la corruption, repaire affreux de la débauche
et des coupables plaisirs, également re-
doutables et pour l'homme qui s'y aban-
donne, et pour celui qui ne peut les goûter. Qu'il est terrible l'isolement que l'on
éprouve au milieu du monde! il est mille
fois plus pénible que la solitude! Ah!
mon fils, pendant mon séjour à Paris, j'ai

bien souffert ! Poursuivant toujours la
même chimère; toujours tourmenté du
désir d'aimer et d'être aimé, l'abandon
où je languissais me semblait insupportable. Quelquefois, fuyant l'approche des
humains, je me plaisais dans les lieux
les plus déserts. Quelquefois tourmenté
du besoin de vivre avec mes semblables, je brûlais d'aborder le premier
inconnu qui s'offrirait à moi, et de lui
dire: Nous sommes seuls l'un et l'autre,
réunissons-nous pour éviter l'accablant
fardeau de l'isolement.

» Hélas! me disais-je souvent, dans cette
vaste cité est-il un seul homme qui s'in-
téresse à mon sort? Parmi cette multitude
innombrable que je vois s'agiter autour
de moi, est-il un seul être à qui mon absence, même éternelle, arrachât un soupir?
Exilé dans cette ville immense, isolé au
milieu de la foule, il n'est pas une âme

qui réponde à la mienne; je n'ai pas un ami !

» Ah ! mon fils, que ces réflexions sont déchirantes pour une âme sensible ! Cette idée que parmi les milliers d'hommes que je rencontrais chaque jour, il n'en était pas un seul à qui je pusse ouvrir mon cœur, était pour moi un cruel supplice. Non, si vous n'avez pas reçu du ciel une âme comme la mienne, vous ne sauriez comprendre l'excès de mes tourmens. Mes chagrins vous paraîtront les illusions d'un esprit malade; hélas! mes douleurs n'étaient que trop réelles!

» Toujours seul, abandonné de tous les mortels, je vis ma mélancolie se changer en une sombre tristesse. Mon caractère même fut altéré. Aigrie par l'habitude de souffrir, mon humeur naturellement douce et facile devint chagrine et morose. J'étais né pour aimer les hommes, et je

commençais à les haïr. Tout m'était à
charge ; les plaisirs bruyans étaient sans
attraits pour moi ; leur aspect même m'é-
tait insupportable. Je cherchais la solitude, et seul je souffrais. J'éprouvais une
tristesse indéfinissable ; elle faisait mon
tourment, et pourtant j'y trouvais quelque douceur ; je la maudissais et je craignais d'en sortir. Quelquefois, des pensées religieuses se mêlaient à ma mélancolie ; je songeais à me rapprocher de Dieu
que j'avais trop long-temps négligé ; mais
soudain je sentais mon orgueil se révolter
à cette idée. Moi prier ! m'écriais-je ; que
je m'humilie devant mon tyran ! Et de
quel bienfait puis-je lui rendre grâce ? De
m'avoir donné l'être et la vie ? Qu'il re-
prenne son fatal présent, c'est un fardeau
pour moi. Qu'a-t-il besoin de mes prières ?
Je ne lui demande rien ; je ne veux rien
de lui. Oui, il peut m'accabler du poids

de sa colère, il peut me replonger dans
le néant d'où il m'a tiré; mais jamais je
ne m'abaisserai jusqu'à baiser la main qui
m'a frappé; il n'obtiendra de moi que des
imprécations.

» Ah! mon fils, le malheur rend injuste;
je rougis aujourd'hui des égaremens où
j'ai laissé entraîner ma raison. Combien
je frémis des dangers où je me suis précipité! A peine puis-je croire à l'excès de
mes emportemens.

» Quelquefois plongé dans une morne
stupeur, je conservais à peine la faculté
de penser. Quelquefois, dans les accès
d'un délire affreux, je me révoltais contre
ma destinée. Je versais des pleurs de rage
en songeant que j'étais condamné à n'être
jamais aimé; j'accusais le ciel et la terre,
et Dieu et les hommes qui me refusaient
toute consolation. O mon Dieu! m'écriais-
je dans ma douleur, pourquoi m'avoir

donné ce penchant à la tendresse si je ne
puis le satisfaire? Pourquoi m'avoir créé
aimant et sensible, pour me placer au
milieu d'hommes froids, égoïstes et in-
grats? Ah! donnez-moi un seul ami qui
m'aime comme je l'aimerai; donnez-moi
une femme fidèle qui réponde à l'ardeur
brûlante de mes feux, et je défierai le malheur de m'atteindre auprès d'elle. Mais
non, Dieu cruel! tu prends plaisir à voir
souffrir les malheureux; tu ne réponds à
nos plaintes que par ces mots terribles:
— L'homme est né pour souffrir. Ah! je
l'ai bien remplie cette condition de mon
être! Pourquoi m'avoir condamné à vivre?
Pourquoi mon père ne m'a-t-il pas étouffé
au berceau? Je n'aurais pas connu l'abandon, la douleur et tous les maux attachés
à cette misérable vie. Heureux ceux qui
meurent dans leur enfance! ils sont les
favoris de Dieu (9).

J'étais tombé au fond du précipice; un seul moment pouvait me perdre sans retour. Combien de fois, dans ma rage insensée, j'aurais voulu arracher de mon cœur les sentimens de piété qu'une mère tendre y avait semés dans mon enfance! Combien de fois j'ai soupiré après le fatal repos de ces grands coupables, parvenus au dernier terme de l'indifférence! Mais une terreur religieuse, un effroi involontaire me faisaient tressaillir en songeant à la mort, ce mystère terrible, ce passage effrayant qui conduit au néant ou à l'éternité. Mourir tout entier ou renaître pour l'éternité, cruelle incertitude! Si j'avais réussi à me persuader un seul instant qu'à sa mort l'homme périt sans retour, c'était fait de moi, je me délivrais par un crime d'un fardeau insupportable. Je suis né pour mourir, me disais-je; la vie n'est que le chemin de la

mort. Pourquoi ne me hâterais-je pas
d'arriver au but fatal? La mort ne m'effraie
point, je n'y vois que le terme de
mes maux. Cependant, mon fils, je ne
pouvais mourir. Je sentais en moi un
instinct de conservation, un amour de la
vie odieux et pourtant invincible. Je méprisais,
je maudissais ma faiblesse sans
pouvoir la surmonter.

» Ah! mon fils, qu'elle est terrible cette
lutte du bien et du mal! Qu'il est dur
de se raidir contre la conscience (*)! Combien
doivent être douloureuses les angoisses
du criminel déchiré par les remords,
puisque le juste qui s'écarte un
instant des voies de la vérité, éprouve
des tourmens si épouvantables! Je ne
vivais plus, je végétais; je traînais dans
la tristesse et l'ennui ma pénible exi-

* *Durum est contra stimulum calcitrare.* (Act.
apost. 9. 5.)

stence. Ma santé s'altérait, mes forces diminuaient de jour en jour; et une mort prochaine était inévitable, lors même que dans un accès de désespoir, je n'aurais pas pris soin de la hâter. Je languissais ainsi dans une longue agonie, lorsqu'un événement terrible me tira de ma stupeur.

» J'avais rencontré à Paris un ancien condisciple qui, après avoir suivi pendant quelques années la carrière des armes, venait de renoncer au service. Je le voyais rarement; ainsi que moi il aimait la solitude. Cependant les titres de compatriote, de condisciple et d'ami d'enfance nous réunissaient quelquefois; et alors nous trouvions un certain plaisir à nous rappeler ensemble les jeux innocens de nos premières années; temps heureux déjà bien loin de nous, et qui ressemblaient si peu à la triste existence à laquelle nous étions condamnés! Dès nos premiers entretiens, je fus frappé de l'altération que je remarquai dans ses traits et dans son caractère. Jadis vif et enjoué, il répandait partout la gaieté; à Paris je le vis sombre et taciturne. Sa physionomie était morne et glacée; toujours occupé d'idées lugubres, il fuyait les hommes, et malgré la conformité d'humeur qui devait nous rapprocher, je m'aperçus qu'il cherchait à m'éviter. Surpris de ce changement j'en demandai la cause, et j'appris que des circonstances bien différentes avaient opéré en nous la même révolution. Entré fort jeune au service, et porté par caractère à rechercher tous les plaisirs, il en avait abusé, et profitant de cette espèce de licence attachée à la profession des armes, il s'était précipité dans tous les excès. Doué des avantages qui assurent des succès dans le monde, son existence pendant plusieurs années ne fut

qu'une ivresse continuelle. Tout le monde
enviait sa félicité ; lui-même se croyait
au comble du bonheur, lorsque tout à
coup, à la suite d'une maladie qui le
conduisit aux portes du tombeau, il parut
entièrement changé. Las de tous les plaisirs qu'il épuisait sans les goûter, fatigué
du monde et ne trouvant partout que
l'ennui, il fit de vains efforts pour échapper à ce terrible ennemi. Bientôt la société des hommes lui devint odieuse ; sa
profession même lui parut une gêne, et las
de s'astreindre aux devoirs qu'elle impose,
il s'en affranchit en quittant le service.
Resté sans emploi, il se trouva livré à
lui-même dans le moment où il avait le
plus à redouter de s'abandonner à la
fougue de ses pensées. Retiré dans le
quartier le plus désert de Paris, sa famille même ignorait le lieu de sa retraite,
et ce fut par hasard que je le rencontrai

dans une des promenades solitaires qui
faisaient sa seule occupation. Dans cet
état d'oisiveté et d'isolement, son âme
fut bientôt flétrie 'par la douleur; les
plaisirs dont il avait épuisé la coupe n'a-
vaient plus d'attraits pour lui ; et cependant, habitué aux distractions bruyantes
du grand monde, il ne pouvait supporter
la solitude et l'abandon. La religion seule
apprend à vivre heureux dans le calme
d'une vie tranquille, et malheureusement mon ami n'en connaissait pas les
douceurs. L'idée de se jeter dans le
sein de Dieu pour y puiser des consolations se présentait quelquefois à son
esprit ; mais le souvenir de sa vie passée
et des désordres de sa jeunesse semblait
lui fermer tout espoir de pardon. Il
ne songeait plus au ciel que pour redouter sa colère et se rappeler les paroles
foudroyantes où l'Esprit saint a prononcé

sa condamnation *. Éloigné de Dieu par la crainte, et des plaisirs du monde par la satiété, il tomba dans un affreux désespoir; sa raison même semblait aliénée. La dernière fois que je le rencontrai, je fus effrayé de son air sombre et taciturne. Ses yeux égarés, ses propos sinistres, ne prouvaient que trop bien le désordre de ses idées. J'étais loin toutefois d'en prévoir les funestes effets.

» Un matin, je me présentai chez lui pour le voir. L'on me dit qu'il était sorti depuis plusieurs jours, et que l'on ignorait ce qu'il était devenu. Inquiet de cette disparition soudaine, je prends des informations; je vais dans les lieux où j'a-

* *Quia vocavi et renuistis: extendi manum meam et non fuit qui aspiceret. Despexistis omne consilium meum et increpationes meas neglexistis. Ego quoque in interitu vestro ridebo, et subsannabo, cùm vobis id quod timebatis advenerit.* (Prov. 1. 24.)

vais coutume de le rencontrer ; je le demande au café où il prenait chaque matin
son déjeuner, il n'y avait point paru. Je
cours aux deux extrémités de Paris, je le
cherche aux Champs-Élysées, au Luxem-
bourg, vaines démarches ; personne ne
l'avait aperçu. Enfin, après avoir em-
ployé tout le jour en courses inutiles, je
passais vers le soir devant cette lugubre
enceinte où l'on expose les cadavres in-
connus. J'y porte les yeux en tremblant,
et le premier objet qui s'offre à ma vue
est le corps de mon malheureux ami. On
venait de le retirer de la Seine, où il s'é-
tait précipité trois jours auparavant. A
cet aspect je demeurai muet d'horreur et
d'effroi ; mille pensées confuses se succédaient dans mon esprit. Hors de moi,
marchant au hasard, je me hâtai de fuir
à grands pas, mais la même image me
poursuivait toujours. Je voyais devant

moi ce cadavre glacé ; en vain je cherchais
à chasser cette idée, elle m'obsédait sans
cesse, et il me fut impossible de fermer
l'œil de toute la nuit. Cette longue in-
somnie me donna le loisir de réfléchir
sur mon état, et c'est alors que j'en connus le danger. Ma triste situation s'offrit
à moi dans toute son horreur, et je
frissonnai en découvrant le péril que j'a-
vais évité. Je ne pouvais me le dissimuler, sans cet avertissement du ciel j'aurais bientôt pris place dans le lieu fatal
où je venais de voir exposer mon ami.
Au même instant j'aperçus le mal et le
remède, et soudain ma résolution fut
prise. Une seule voie m'était ouverte
pour m'arracher au danger, je la suivis
sans hésiter, et le jour n'avait pas encore
paru que déjà j'étais en marche pour venir m'enfermer dans cette abbaye.

»Ah ! mon fils, les réformateurs insen-

sés qui veulent détruire les monastères
sont loin de connaître les hommes! Si
les communautés n'existaient pas, ce
serait le moment de les établir. A quelle
époque a-t-on connu autant de maladies
morales que l'on en signale aujourd'hui?
A quelle époque a-t-on vu autant d'infortunes terminées par le suicide? Et,
dites-le-moi, mon fils, quels remèdes le
monde vous offre-t-il pour les prévenir? Connaissez enfin la différence qui
existe entre Dieu et les hommes; entre
les préceptes désespérans d'une froide
philosophie, et les dogmes consolans
d'une religion pleine de douceurs. Vous
n'offrez au malheureux que le désespoir
et la mort; et nous, en lui ouvrant un
asile où il peut goûter encore le repos
sur la terre, nous lui promettons dans
l'autre vie une félicité éternelle. Combien de fois, mon fils, depuis que j'ai

connu dans ma retraite cette paix inaltérable que les hommes m'avaient promis
vainement, combien de fois j'ai songé à
mon malheureux ami! Combien de fois
j'ai regretté qu'il ne pût partager avec
moi les douceurs ineffables de cette vie
tranquille qui s'écoule au sein de Dieu!
Ah! j'en suis certain, si, comme moi, il
s'était réfugié dans cet asile de miséricorde, s'il était venu y puiser ces consolations qu'en vain il demandait au
monde, il vivrait encore. Réconcilié
avec Dieu, avec lui-même, il goûterait
un bonheur aussi pur que durable.

»Notre maison, mon fils, renferme de
grands pécheurs. Plusieurs de nos frères
ont apporté dans le cloître une âme flétrie
par les chagrins, ou déchirée par les
remords. Mais bientôt ils ont éprouvé
les bienfaits de la règle salutaire que
nous observons. Le calme est rentré dans

leur cœur ; et, consolés autant qu'on peut l'être sur la terre, ils bénissent l'heureux moment où ils se sont fixés dans ce séjour qui vous semble un lieu de tourmens. Ces hommes que vous voyez en ce moment se livrer à leurs travaux d'un air joyeux et satisfait, auraient traîné dans le monde une vie languissante et douloureuse ; ou peut-être, poussés par le désespoir au plus grand de tous les crimes, ils auraient, comme le coupable ami dont je viens de vous entretenir, terminé par le suicide une vie insupportable.

»Cependant, mon fils, je dois vous l'avouer, je ne suis point parvenu tout à coup au bonheur ineffable dont je jouis aujourd'hui. Dieu qui frappe pour guérir, qui fait mourir au monde pour ressusciter à lui, réserve des épreuves à ses serviteurs dans toutes les circonstances de la vie, et le temps de mon noviciat

fut souvent pénible. Je n'éprouvais plus
cet ennui mortel, ce dégoût de la vie qui
m'obsédait à toute heure avant mon entrée dans le cloître; mais je reconnus la
vérité de ces paroles de l'Écriture : — La
solitude est funeste pour l'homme lorsqu'il n'y vit pas avec Dieu *. La tranquillité
ne tarda pas à régner dans mon âme,
mais avec elle reparurent aussi mes premiers penchans. Pendant mes jeunes
années, avant d'être soumis à l'influence
de cette sombre mélancolie qui m'avait
rendu si différent de moi-même, la solitude m'avait toujours inspiré de l'effroi.
L'idée que dans ce vaste univers où Dieu
a placé des millions de créatures semblables à moi, il n'en était pas une seule
dont le cœur répondît au mien, qui par-

---

* *Væ soli!* (ECCLES.) *Non est bonum esse hominem*
solum. (GEN.)

tageât mes plaisirs et mes douleurs, avait
fait mon malheur dans le monde, et devait causer encore mon tourment au sein
de la retraite.

» Rendu à moi-même, je sentis renaître
avec une nouvelle violence cette excessive
sensibilité qui avait empoisonné la moitié
de ma vie. Hélas! me disais-je durant
les premiers mois de mon noviciat, moi
dont le bonheur aurait été de vivre pour
aimer, me voici condamné pour toujours à une froide indifférence. Étranger
à mes frères, ne pouvant échanger un
seul mot avec eux, je ne leur inspirerai
jamais de sentiment plus tendre que cette
affection vague que l'on nomme amour
du prochain. Aucun d'eux ne sera le dé-
positaire de mes plus secrètes pensées;
aucun d'eux ne me confiera les siennes;
mon âme aimante et sensible ne connaîtra
jamais les doux épanchemens de l'ami-

tié (10). Cette idée m'a souvent fait souffrir; j'ignorais encore, ô mon Dieu! que
vous seul êtes digne d'être aimé *.

»Tout augmentait mes regrets, et rendait plus pénible le sacrifice que j'allais
faire. Ranimée par les feux du printemps,
la nature se parait d'une fraîcheur nouvelle, et s'offrait à mes regards dans toute
sa beauté. Tout semblait renaître autour
de moi. Les arbres, jadis arides et dessé-
chés, se couvraient d'un épais feuillage;
les oiseaux, engourdis par les frimas, re-
prenaient leur agilité et leur vigueur na-
tives; moi-même, sortant de ma stupide
langueur, je croyais recommencer une
seconde vie : mon âme flétrie par le mal-

---

* *Inquietum est cor nostrum donec requiescat in te.*
(Liv. 1, ch. 4.) *In Deo omne bonum.* (Liv. 2, ch. 10.)
*Jussisti enim, et sic est, ut pœna sibi sit omnis inordi-
natus animus.* (Liv. 1, ch. 12.) Confes. de S. Augustin.

heur, avait été long-temps insensible aux
merveilles de la nature ; mais depuis que
j'avais recouvré le calme et le bonheur,
je les contemplais avec ravissement. A
leur aspect je recouvrais le sentiment de
mon existence ; je sentais mon cœur brû-
ler d'un feu nouveau, et souvent, lorsque
m'abandonnant à mes rêveries, j'admirais
dans mes promenades solitaires le magni-
fique tableau qui se déroulait à mes yeux ;
je me disais que pour vivre heureux dans
la solitude il faut un ami qui la partage.
Hélas ! trompé par le calme intérieur
dont je jouissais, j'oubliais déjà que cet
ami nécessaire à mon cœur, le monde
ne pouvait me le donner. Et cependant, mon fils, vous l'avouerai-je ? je
songeai mille fois à quitter cette heureuse
retraite, pour me lancer dans le tourbillon du monde, et y chercher encore un
cœur sensible et fidèle qu'il m'avait déjà

refusé. Si cet état de souffrances s'était prolongé, ah! je le sens, mon fils, j'é-tais incapable de résister; ma perte était certaine. Mais Dieu, toujours plein de bonté, eut pitié de ma faiblesse, et abrégea, dans sa miséricorde, le temps des épreuves. Il m'avait assez purifié par le malheur, pour me rendre digne de lui. Alors l'ardeur brûlante de mon âme se dirigea tout entière vers celui qui seul est capable de répondre aux élans de mon amour. Depuis ce moment, mon fils, rien ne manque à ma félicité. Ce besoin d'aimer, qui dans le monde faisait le tourment de ma vie, est devenu ma joie. Je trouve chaque jour un nouveau con-tentement dans mon union avec Dieu; chaque jour, en m'élevant à ses pieds par la prière, je goûte de nouvelles délices. C'est ainsi qu'arrivé au port après bien des orages, j'attends au sein d'un bonheur que rien ne peut troubler, qu'il plaise au Très-Haut d'appeler à lui son fidèle serviteur, et de me faire entrer dans sa gloire, où je pourrai contempler face à face l'éternel objet de mon amour. »

Le bon père se tut, et déjà il avait saisi sa bêche et se disposait à reprendre son travail, lorsque la cloche appela les religieux à *sexte* et de là au réfectoire. Je me plaçai parmi les frères ; à la porte de la salle, le père prieur m'arrêta, et, suivant un usage qui rappelle les mœurs hospitalières des anciens patriarches, il me donna à laver, tandis que le père hôtelier me présentait la serviette pour m'essuyer les mains.

Autour du réfectoire, on lit sur la muraille divers passages de l'Écriture, qui, de même que les crânes employés à Memphis dans les banquets, ou comme les caractères énigmatiques dont la vue fit tressaillir le roi Balthazar, lorsqu'une main surnaturelle les traçait à ses yeux dans la salle des festins, rappellent le néant des choses de ce monde. Je remarquai ceux-ci : *In sudore vultûs tui vescerispane, donec revertaris in terram de quâ sumptus es, quia pulvis es et in pulverem reverteris.* (Genèse.)—*Meliùs est vocari ad olera cum charitate, quàm ad vitulum saginatum cum odio :— O mors quam amara est memoria tua homini pacem habenti in substantiis suis.— Nasci pœna, vita labor, necesse mori.*

Je fus admis à la table du Révérend Père abbé, et de l'espèce d'estrade où elle est placée, je dominais tout le réfectoire. Des deux côtés étaient rangés les Trappistes au nombre de cent vingt. Chacun avait devant soi une soupe de légumes cuits à l'eau et au sel, mais sans

beurre, l'usage en est défendu. Du riz
au lait où l'on mélange une moitié d'eau;
quelques pommes-de-terre, une demi-
livre de pain bis, et une cruche remplie
d'eau fraîche complétaient le repas. Ces
mets étaient servis dans des plats d'étain,
et chaque religieux avait près de lui un
couvert, un gobelet et une salière de
bois. Un morceau de grosse toile, de six
pouces carrés, tenait lieu de serviette.

Ces mets étaient grossiers sans doute
et peu succulens; mais je pouvais y ajou-
ter pour assaisonnement un vigoureux
appétit, aiguisé par le jeûne et l'exercice;
aussi le potage, le laitage et les légumes
me semblèrent exquis.

Pendant le repas un des religieux faisait
la lecture, et de temps en temps le père
prieur agitait sa sonnette pour avertir de
se tenir en garde contre les distractions.
Alors tout était suspendu, le lecteur s'in-

terrompait; chaque religieux laissait tomber sur son assiette le morceau qu'il portait à sa bouche, et tous, immobiles et en silence, élevaient leur âme à Dieu (11).

En sortant du réfectoire, je me plaçai derrière les religieux de chœur, et je défilai avec eux devant les frères convers qui, rangés des deux côtés de la salle, s'inclinaient profondément. La communauté se rendit processionnellement à l'église en récitant le *Miserere* et le *De profundis;* puis les religieux se retirèrent dans leur cellule pour profiter de l'heure de repos et de sommeil qu'on leur accorde après le repas (12).

Il était une heure, mais la chaleur était supportable; d'ailleurs je ne sentais nulle envie de dormir; ainsi, au lieu de suivre les religieux au dortoir, je profitai de cet instant de repos pour me rendre compte de mes sensations, et réfléchir en silence sur tout ce que j'avais vu. Puis je parcourus de nouveau les divers ateliers, et tout occupé de cet examen, je laissai écouler quelques heures, jusqu'au moment où la cloche sonna *Complies*.

J'entrai dans l'église, et toute la communauté ne tarda pas à s'y rendre. Chaque religieux sonna la cloche à son tour; puis, tandis que les frères convers se tenaient près de la porte, les religieux de chœur allèrent prendre place dans une estrade au haut de la nef.

Au lieu de cette richesse d'ornemens, de ce luxe de dorures qui éblouit ordinairement dans les églises catholiques, l'on remarque dans celle des Trappistes la plus grande simplicité. L'autel, ainsi que la croix et les chandeliers, tout est en bois (13); seulement la lampe et l'encensoir sont doublés d'une feuille de cuivre. Les religieux de la Trappe se rappellent la simplicité des premiers siècles de l'Eglise; ils savent que l'or et les pierreries ne sont pas nécessaires pour le culte du vrai Dieu, c'est une croix de bois qui a sauvé le monde.

Le Révérend Père abbé ne porte aucun ornement particulier. La seule distinction qui le fasse reconnaître est sa croix pectorale en buis, suspendue à un cordon violet, son anneau, et la crosse en bois des anciens évêques.

Les religieux ont conservé le chant grégorien, plus simple que celui qui est adopté dans nos églises; ce n'est souvent qu'une psalmodie, une espèce de récitatif; mais sa gravité a quelque chose de majestueux.

Lorsque *Complies* furent achevées, les Religieux se rendirent sur deux rangs

au milieu de la nef, et s'y tinrent long-
temps prosternés.

Il se fit d'abord un profond silence ;
puis un religieux entonna du fond du
sanctuaire le *Salve Regina ;* et tous
les frères , profondément inclinés et
courbés vers la terre, lui répondirent
d'une voix sépulcrale. Ce chant majestueux et mélancolique répété par quatre-
vingts religieux dont la voix retentissait
en sons prolongés sous les voûtes de l'é-
glise, les ténèbres qui régnaient dans la
plus grande partie de l'édifice, éclairé par
une seule lampe, l'attitude des religieux
prosternés au milieu de la nef, tout élevait l'âme et portait à la piété.

Après le *Salve Regina,* les frères défilèrent lentement sous les arcades du cloître, et se rendirent au Chapitre (14). Là,
au signal donné par le Père abbé, ils se
prosternèrent la face contre terre, et

récitèrent à voix basse le *Miserere*. Puis
ils se relevèrent pour se rendre au dortoir, et défilèrent devant le Révérend
Père abbé, qui, se tenant près de la porte,
leur présenta l'eau bénite, et leur donna
à tous sa bénédiction.

Nous montâmes au dortoir; chacun
entra dans sa cellule, et je pris aussi pos-
session de la mienne. De petites cases de
six pieds carrés, disposées des deux côtés d'une longue galerie, et séparées les
unes des autres par une simple cloison,
sans porte, voilà l'appartement des Trappistes ; un lit et une table composent leur
ameublement. J'oserais affirmer que les
bons religieux ne connaissent point la pa-
resse. On se décide difficilement à sortir
d'une couche moelleuse composée de duvet
et d'édredon ; mais à toute heure du jour
et de la nuit l'on quitte sans regret un lit
formé de deux ais de sapin, d'une simple

couverture de laine, et d'un oreiller de
paille battue (15). J'avoue que le mien
me sembla un peu dur. Cependant, fatigué de ma course du matin, je m'endor-
mis profondément; mais mon sommeil
ne fut pas de longue durée. Je m'éveillai
au bout d'une heure, et depuis ce moment il me fut impossible de fermer l'œil.
Mille pensées diverses agitaient mes esprits; et, las de me tourner en tous sens
sur mon lit, je me levai, et descendis
au jardin.

La nuit était calme et silencieuse; la
lune, brillant au milieu d'un ciel pur et
parsemé d'étoiles, répandait surtout les
objets une teinte vaporeuse. Eclairée par sa
lueur incertaine, la façade du monastère
prenait un aspect imposant. Ce vaste bâtiment où régnait la tranquillité de la mort,
ce repos solennel que n'interrompait aucun
bruit, aucun mouvement, m'inspiraient

un sentiment de crainte et de respect.
Quel morne silence ! quel calme profond !
La nuit étend son sceptre de plomb sur
l'univers endormi ; tout repose et se tait,
la nature sommeille ; la vie est suspendue,
et ce triste anéantissement, présage du
repos éternel, n'en est pourtant qu'une
faible image.

Je marchais au hasard, et bientôt, en
apercevant autour de moi de légères
éminences couvertes de gazon et surmon-
tées d'une petite croix, je reconnus que
j'étais au milieu du cimetière de l'Abbaye. L'on ne voit point dans ce lieu
ces mausolées superbes, ces marbres
somptueux, fragiles monumens de la vanité humaine, derniers honneurs que
rend aux morts l'orgueil des vivans, qui,
transportant jusque dans le néant les pri-
viléges du rang et de l'opulence, s'efforcent encore d'attacher des distinctions

13*

à la poussière des tombeaux, et d'ennoblir la pâture des vers. Ici le symbole de l'espoir et de la foi des chrétiens indique seul le champ funéraire. Une tombe était ouverte; loin d'écarter l'idée de la mort afin de se tromper eux-mêmes, les Trappistes la rappellent sans cesse; mais bien différens de l'Epicurien, qui mêle à ses coupables plaisirs le souvenir d'une fin prochaine pour s'exciter à jouir de la vie, les religieux n'y songent que pour se disposer à mourir. Aussitôt qu'une tombe est fermée on en creuse une nouvelle, qui, destinée à recevoir le premier des frères que la mort choisira pour victime, semble dire à chacun d'eux : *Hodie mihi, cras tibi* (16).

Ah ! cette sombre demeure doit sembler effrayante et terrible à celui qui ne voit que le néant au-delà du tombeau; mais pour moi, qui sais que le principe

qui m'anime continuera toujours d'agir,
et que la faculté pensante qui subsiste
en moi existera encore lorsque la matière
sera dissoute, je me rassure en songeant
que le même instant qui met le corps
au tombeau donne à l'âme une nouvelle
vie.

Non, il n'est point ici, il est au ciel
ce saint religieux dont j'aperçois la tombe
fermée depuis hier ; ce n'est pas lui cette
froide poussière que je foule en ce moment; et tandis que je médite en silence
sur le tertre modeste qui recouvre sa dé-
pouille mortelle, il me semble voir assis
au pied de cette croix un ange de lumière qui, vêtu d'une robe céleste et tel
qu'il apparut aux saintes femmes sur le
tombeau du Sauveur, me dit en me montrant le ciel : Il n'est point ici, il est res-
suscité.

L'aspect de ces tombeaux me ramène

à l'idée de la mort, cette idée si grave et si solennelle, qui pourtant, semblable au trait qui fend l'air, ne laisse aucune trace. Oui, tel que le sillon tracé par un vaisseau rapide sur la surface mobile de l'Océan, telle et plus prompte encore s'efface dans l'esprit de l'homme la pensée de la mort. Nous la déposons avec nos pleurs sur le corps de l'ami que nous avons perdu, et lorsque la tombe se referme déjà la mort est oubliée.

Prodigues de notre temps, nous le dépensons sans compter; un jour viendra peut-être où nous voudrions au prix de tous les trésors de la terre acheter une heure seulement, et l'univers entier ne pourra la payer. Trompés par l'uniformité de la vie, nous vieillissons sans y songer; la pente est si douce que nous croyons marcher au milieu d'une plaine, et nous touchons à la décrépitude que

sous les cheveux blancs nous cachons encore le long espoir et les vastes pensées
de la jeunesse. La vie s'écoule d'un cours
insensible. Chaque jour ressemble à celui
qui l'a précédé, et dupe de cette immo-
bilité apparente, l'homme se croit im-
mortel. En vain il voit les rangs s'éclair-
cir autour de lui ; en vain il voit tomber
à ses côtés ses parens, ses amis, les plus
chers objets de ses affections ; d'un œil
indifférent, il compte les places que la
mort a laissé vacantes, et semble croire
que lui seul est à l'abri de ses traits.
Plongé dans une illusion fatale qu'il se
plait à entretenir, occupé de projets chimériques qui rempliraient l'éternité et
d'espérances frivoles qui chaque jour
deviennent le jouet des vents, il ne songe
point à mourir. Toujours menaçante,
toujours prochaine, la mort s'annonce
vainement par de nombreux messa-

gers, elle arrive toujours à l'improviste.

Les rêves de l'homme éveillé sont plus extravagans encore que ceux qui l'occupent pendant son sommeil. Formant toujours de nouveaux projets de réforme dont sans cesse il diffère l'exécution, il s'enorgueillit d'avance des vertus qu'il doit posséder un jour. Jeune, ce n'est pas sur soi qu'il gémit, mais il plaint l'aveuglement de ses pères ; plus tard cependant il s'aperçoit que lui-même n'est pas plus sage ; il le soupçonne à trente ans, il le sait à quarante, et forme le projet de changer de vie ; à cinquante ans il s'indigne de différer encore, il s'affermit dans ses résolutions, il s'y fortifie de plus en plus, il médite, il réfléchit, et meurt enfin comme il a vécu.

Ainsi chaque jour s'autorise de celui qui l'a précédé ; le temps vole, les années s'écoulent ; et, remettant jusqu'aux portes du tombeau le soin de devenir meilleurs, nous arrivons à notre dernière heure nous réservant de décider en un instant du sort de l'éternité. Phénomène remarquable s'il était plus rare, et plus étonnant encore par sa fréquence même !

Nous poursuivons le bonheur, qui, comme une ombre vaine, nous échappe et nous trompe toujours. L'homme n'a pas encore parcouru la moitié de sa carrière que déjà il a épuisé la somme de plaisirs et de jouissances que le ciel lui a départie. Arrivé au milieu de sa route il ne vit plus que de souvenirs. Fatigué de suivre un sentier aride et monotone, ce n'est qu'en reportant ses regards en arrière qu'il aperçoit quelque objet agréable, et pourtant, tremblant à la vue de l'abîme qui s'ouvre sous ses pieds, il chérit encore la vie, alors même qu'il la maudit.

Semblable au chêne robuste qui chaque année enfonce plus avant ses racines dans la terre, l'homme en vieillissant s'attache de plus en plus à la vie. Mais enfin arrive notre heure dernière, heure de lumière et de vérité qui, dissipant de vaines illusions, fait pénétrer la clarté jusque dans les replis les plus secrets de notre âme. On peut vivre dans la folie et l'erreur, on devient sage à l'heure de la mort. Obscurcie par les préjugés, étouffée par les passions, la vérité, long-temps muette, rompt enfin le silence ; aussi terrible que la foudre, aussi rapide que l'éclair, elle vient pour dissiper les ténèbres et les préjugés de la vie.

Que reste-t-il alors de nos jeunes années ? où sont-elles ? Abîmées dans le gouffre du temps, aussi loin de nous que les premiers jours du monde, elles semblent n'avoir jamais existé. Les évé-

memens de la vie, ses joies et ses chagrins, ses tourmens et ses plaisirs s'of-
frent à nous comme un souvenir confus
ou les rêves d'une imagination délirante;
leur image vague et fugitive passe devant
nos yeux comme une ombre fantastique;
la vie paraît enfin ce qu'elle est, une
illusion prolongée, un songe pénible;
et lorsqu'il est fini, est-il un seul homme
qui désire s'endormir de nouveau afin de
le recommencer?

Etrange destinée que la nôtre! voués à
la mort, nous apprenons en naissant que
le sentier de la vie aboutit à un précipice.
Il est affreux, nous le savons.—N'importe,
il faut marcher.—L'homme obéit en tremblant, et assiégé sur la route par de lâches
terreurs, il s'épuise en vains efforts pour
éviter le terme fatal.—Impossible!—Entraîné par une force irrésistible, il court
se précipiter en frémissant dans le gouffre

14

ouvert pour l'engloutir. Chaque pas le
raproche de l'abîme ; en vain la jeunesse
et les plaisirs l'invitent à s'arrêter ; en
vain il cherche à ralentir sa marche et à
respirer un moment ; poussé par une
main invisible, il court, il vole, sans
trouver un terrain solide où il puisse se
reposer. Devant lui d'épaisses ténèbres,
derrière un affreux désert. Le voilà enfin
au bord du précipice : — encore un pas; —
il tressaille; — il chancelle. — C'en est fait !

Heureux le sage qui se plaît à conver-
ser avec les morts et à écouter leurs leçons ! heureux celui qui, loin de la foule
et du bruit, aime à méditer sur la poussière des tombeaux ! Quelles sont éloquentes les leçons de la tombe ! quelles
parlent vivement à mon cœur !

La nuit surtout leur langage énergique
se fait entendre. La lumière des étoiles
est le flambeau qui éclaire la raison. C'est

au sein des ténèbres que celle-ci exerce son empire. Accablée par les soins variés de cette misérable vie, éblouie par la clarté, étourdie par le bruit, l'âme s'écarte pendant le jour des sentiers de la raison. Ballottée par la foule, inerte, passive, ses sentimens sont empruntés; ses sensations involontaires; mais calme et réfléchie pendant la nuit, à l'abri des distractions extérieures, la pensée, libre et pure, s'exerce sur des sujets de son choix; elle s'élance dans l'espace au-delà des limites du monde; elle pénètre dans les cieux, et si elle s'abaisse jusqu'à la terre ce n'est que pour s'y reposer un moment.

Que les disciples de Zoroastre adorent le soleil; pour moi c'est au sein des ténèbres que j'aime à révérer la majesté divine; leur aspect me remplit de graves pensées, et forçant mon âme à se replier

sur elle-même l'oblige à se connaître.
C'est alors que, régnant sans partage, la
conscience devient notre juge ; c'est alors
que rendant à la raison et à la vérité tout
leur empire, et déchirant le bandeau que
les occupations multipliées de la vie
avaient épaissi sur nos yeux, la nuit dé-
couvre à l'homme toute sa vanité. Oui,
les ombres sont pour l'homme de bien
un refuge tutélaire ; loin de la foule cor-
rompue, la nuit est sa protectrice et son
guide fidèle ; elle conseille et inspire la
vertu.

Salut à toi, nuit tutélaire ! Grâce à ton
ombre propice les passions se calment,
le monde est oublié, et l'âme, dégagée
des liens de la terre, entretient un libre
commerce avec le ciel. Elle médite en
paix, réfléchit sur le passé, délibère sur
l'avenir, et, loin des hommes, les juge
de sang-froid. Le monde est une école

de vices ; c'est loin de la multitude que l'on trouve la sécurité. La vertu cherche la solitude, l'ombre et le silence. C'est pendant la nuit que l'on sent la présence de Dieu. Seul, l'homme cesse d'être indulgent pour soi-même, il cesse de flatter ses mauvais penchans ; le vice perd ses charmes, son clinquant s'obscurcit dans les ténèbres ; la nuit un athée est sur le point de croire en Dieu.

Cependant les étoiles poursuivent au firmament leur marche silencieuse. Silencieuse! — Pour nous ; car peut-être ce sont autant de mondes aussi agités, aussi bruyans que le nôtre, où, comme ici bas, l'on suit les sentiers de la richesse et des honneurs, quelquefois celui du plaisir, rarement celui du bonheur ; et peut-être, tandis qu'un soleil, différent du nôtre, achève sa course régulière, un philosophe solitaire, évitant la foule et se cherchant

14*

lui-même, promène comme moi ses pensées, réfléchit sur tout ce qui l'environne
et sur sa propre destinée, ou bien, se
perdant en conjectures sur ce qui se passe
dans notre humble planète, il laisse
écouler quelques heures en de vagues
rêveries.

Tandis que j'errais ainsi dans le cimetière de l'abbaye, j'aperçus un religieux qui
s'avançait à pas lents, plongé dans une profonde méditation. Son capuchon rejeté en
arrière me permettait de distinguer ses
traits, et à la clarté de la lune je reconnus le père Arsène, que déjà sa piété
et son recueillement m'avaient fait remarquer. C'était un homme d'une qua-
rantaine d'années; sa taille noble et élevée conservait encore sous la coule un
air d'aisance et de majesté; sa démarche
était calme et imposante; sa physionomie
grave et même sévère, mais sans rudesse,

portait l'empreinte de la mélancolie; et,
sur son front, quelques rides qui n'a-
vaient point été sillonnées lentement par
la vieillesse, annonçaient que chez lui
les chagrins avaient hâté les outrages des
ans. Au chœur, lorsqu'il commençait sa
prière, il semblait accablé par la présence
de Dieu; il osait à peine lever les yeux
vers l'autel, comme s'il eût craint d'y
rencontrer la majesté du Tout-Puissant:
mais bientôt l'on remarquait les progrès
de la grâce qui agissait en lui; sa physionomie devenait plus ouverte, sa méditation moins profonde; son âme s'élevait
jusqu'au trône de l'éternel, et l'on voyait
briller sur ses traits une confiance pieuse
qui attestait la ferveur de ses prières et
sa foi vive aux promesses d'un Dieu qui
ne refuse rien à ceux qui l'implorent
du fond du cœur. Humble sans osten-
tation, le père Arsène ne cherchait

point à fixer les regards des assistans ;
toujours simple et recueilli , il priait ,
et son attitude à la fois modeste et imposante commandait le respect et inspirait la piété. Ses traits avaient alors quelque chose de céleste, malgré leur sévérité ;
mais l'on y distinguait toujours les traces
d'une profonde mélancolie.

Entraîné par un mouvement d'intérêt
pour un homme qui paraissait avoir éprouvé de grandes infortunes , je fis quelques
pas vers le père Arsène. Il ne chercha
point à m'éviter ; au contraire il s'avança
vers moi, et après m'avoir salué en s'inclinant profondément , les mains croisées
sur la poitrine, il me demanda d'un ton
affectueux quel motif m'avait conduit à
cette heure dans l'enceinte lugubre où il
me rencontrait.

— Un trouble inconnu , lui répondis-
je, une inquiétude vague, qui m'empêche

de me livrer au sommeil et rend ma couche insupportable. Mais vous - même, mon père, vous que la cloche du monastère va bientôt appeler au chœur, et à qui l'austérité de la règle n'accorde que quelques instans pour goûter un repos que les fatigues du jour doivent rendre bien nécessaire, pourquoi quitter sitôt votre cellule et devancer ainsi le signal des exercices de la nuit (17) ?

— Pour moi toutes les heures sont indifférentes, le sommeil visite rarement la couche du malheureux.

— Vous souffrez, mon père ; le chagrin a déchiré votre cœur, et laissé sur votre front des traces encore visibles. Ah ! sans doute il a fallu des douleurs bien amères pour vous amener dans le séjour de la pénitence. Sont-ce de grandes fautes à réparer, ou de grandes infortunes à oublier qui vous ont conduit dans cet asile ouvert

à toutes les misères humaines? Excusez
ma curiosité, mon père; je sais compatir
à vos douleurs, et peut-être n'en refuserez-
vous pas le récit à un homme qui a éprouvé comme vous les coups de la fortune,
et qui, malheureux lui-même, apprit à
plaindre le malheur.

—Oui, mon fils, j'ai éprouvé de grandes infortunes, et Dieu m'a cruellement
éprouvé; mais je ne puis accuser sa justice; quelque terrible qu'ait été sa colère
je l'ai bien méritée. Vous semblez étonné
des austérités auxquelles je me suis condamné; ah! lorsque vous connaîtrez
l'histoire de mes passions et de mes égaremens, vous trouverez encore que ma
pénitence est bien légère; et je crains que,
pesée dans la balance de la justice éternelle, elle ne paraisse une trop faible
compensation des crimes que j'ai à expier.
Puisse l'aveu de mes fautes vous dispo-

ser à les juger avec indulgence ! puisse mon
exemple et la terrible leçon que j'ai donnée au monde vous enseigner à éviter les
écueils où j'ai fait naufrage !

J'appartiens à une famille aussi distin-
guée par son rang que par ses richesses,
et le faste qui entoura mon berceau semblait me présager une destinée bien différente de la vie inconnue à laquelle je me
suis dévoué dans l'obscurité d'un cloître.
Héritier d'un grand nom et d'une fortune
immense, mon père me les transmit
augmentés encore de tout l'éclat qu'il y
avait ajouté lui-même pendant trente ans
passés avec honneur dans les emplois les
plus éminens. Soutenu par sa réputation,
par le crédit de ses amis et l'antique illus-
tration de ma famille, je pouvais parcourir
comme lui une carrière brillante, et atteindre promptement aux charges honorables qu'il avait occupées ; mais jamais

l'ambition n'eut d'empire sur mon âme,
jamais la puissance et les honneurs ne flat-
tèrent ma vanité. A l'âge où les autres
hommes ne cherchent qu'à briller dans
le monde et à poursuivre une lueur de
gloire dont l'éclat les éblouit, j'ai recher-
ché l'obscurité d'une vie ignorée. Un sentiment plus puissant que l'ambition et plus
terrible qu'elle s'était emparé de mon
âme, où il régnoit sans partage. Notre nature faible et imparfaite se montre bornée
dans le vice comme dans la vertu ; une
seule passion suffit pour occuper une âme
tout entière , et la mienne était trop remplie par l'amour pour que l'ambition pût
y trouver place.

Mon fils , vous êtes jeune encore ; votre
âge et peut-être vos penchans vous livrent
aux attaques de cette passion terrible
qui a rempli ma vie d'amertume ; crai-
gnez de lui donner accès dans votre âme,

vous feriez de vains efforts pour l'en chasser. Apprenez de bonne heure à connaître et surtout à redouter ce dangereux ennemi, et croyez-en les conseils que par une triste expérience j'ai acquis le droit de vous donner.

Je reçus une éducation qui répondait à ma naissance et aux projets de grandeurs que l'on avait formés pour moi. Rien ne fut épargné pour me faire paraître avec éclat à la cour ; et, quelques dispositions heureuses répondant aux soins de mes maîtres, je possédai de bonne heure ces talens frivoles dont les hommes du siècle font si grand cas, et ces vices aimables qui dans le monde sont préférés à la vertu. Malheureusement la partie essentielle avait été négligée ; mes parens avaient tout fait pour me rendre agréable et rien pour me rendre meilleur : ne songeant qu'aux avantages mondains ils avaient

15

donné de la vivacité à mon esprit, à mon
corps de l'aisance et de la grâce ; mais ils
semblaient oublier que j'avais une âme ,
et leurs leçons de morale se bornèrent à
quelques préceptes d'une probité de convention qu'ils ne se firent point un devoir de consolider dans mon esprit, et qui
furent bientôt oubliés lorsque je me trouvai seul , abandonné au tourbillon du
monde et ballotté par les flots des passions. Plaise à Dieu que les auteurs de
mes jours n'aient point à répondre en ce
moment d'une coupable négligence, que
j'ai déjà expié trop long-temps ! plaise
à Dieu que cet oubli, qui m'a été
si fatal ici bas , n'attire pas sur eux
dans l'autre vie un châtiment encore plus
terrible !

J'entrai dans le monde sans connaître
le charme ni la violence des passions. Cependant doué d'une âme ardente et sensible

que n'avaient émoussée ni les chagrins
ni les plaisirs, encore rempli des illusions
de la jeunesse, je sentais dans mon cœur
une flamme dévorante, un feu concentré
qui me consumait. Dans les cercles que je
fréquentais habituellement je rencontrai
madame Amélie de M...., qui comme
moi avait reçu de la nature une âme trop
aimante. Dès la première entrevue j'eus le
malheur de lui plaire, et un instant décida de mon sort. Comment échapper au
charme entraînant qu'elle exerçait sur
tous les cœurs? Sa beauté, sa douceur,
ses grâces simples et naturelles, la vivacité de son esprit, le son même de sa
voix, tout en elle était enchanteur : je cé-
dai à cet ascendant irrésistible. Une froide
philosophie ne m'avait point enseigné à
vaincre mes passions; d'ailleurs ses leçons
auraient été oubliées sans doute dans cet
instant fatal. Le penchant qui m'entraî-

nait me promettait trop de douceur pour
me laisser la force d'y résister : je m'y
abandonnai donc sans réserve. Amélie,
aussi tendre, aussi passionnée, partageait
mon ivresse, et tous deux, plongés dans
les plus déplorables égaremens, nous ne
songions qu'à les prolonger. L'univers
n'était rien pour nous ; nous voir, nous
aimer, c'était là notre bonheur. Et que
nous importaient les événemens de la
terre ? nous nous suffisions à nous-mêmes,
et chaque jour augmentait notre félicité.
Je n'étais plus maître de mes actions ni de
mes pensées ; c'était en Amélie que j'avais
transporté mon existence.

Mais je sens que je m'égare ; ce souvenir douloureux et pourtant plein de
charmes m'entraîne en des pensées cri-
minelles qui ne devraient plus m'assaillir
dans ce lieu de repentir. Voyez, mon fils,
et tremblez en m'écoutant ; voyez quelle

a été la violence de ma passion, puisque
quinze ans de prières et de pénitence
n'ont pu éteindre sa flamme dévorante ;
aujourd'hui même je ne puis parler de
ces jours d'une déplorable ivresse sans
rallumer dans mon sein mes coupables
ardeurs. Et vous, ô mon Dieu ! pardonnez à votre indigne serviteur si des idées
mondaines viennent se mêler à son récit
et occuper un cœur qui veut désormais
se donner tout à vous.

J'étais tombé au fond du précipice, il
fallait un miracle pour m'en tirer, et il
eut lieu. Mais qu'elle fut terrible la leçon
qui me dessilla les yeux ! qu'ils sont re-
doutables les avertissemens que Dieu
donne dans sa colère !

Je ne quittais plus madame de M.... ;
je la voyais chaque jour ou plutôt à toute
heure : quelques instans passés loin d'elle
me semblaient un siècle. Cependant des

circonstances impérieuses me forcèrent
à m'éloigner pour quelque temps, et je
partis. Mon absence devait durer un mois
entier; mais à peine quelques jours s'é-
taient écoulés qu'impatient de rejoindre
Amélie je revins aux lieux où je devais
la voir.

J'arrive, je cours à sa demeure, et,
m'introduisant par une porte secrète, je
parviens à un escalier dérobé qui condui-
sait à son appartement. Je monte ou plutôt je vole sur les degrés; j'entre palpitant
d'espérance et d'amour.....! Dieu! quel
spectacle affreux s'offrit à ma vue! C'était
elle, c'était Amélie étendue sans vie dans
un cercueil, et sa tête séparée du corps
fut le premier objet qui frappa mes regards.... (Le père Arsène s'interrompit,
et couvrant son visage de ses deux mains,
il versa un torrent de larmes...) Mon fils,
excusez ma douleur; ce souvenir déchi-

rant sera pour moi une source éternelle de pleurs et d'amertume. Non, jamais cette cruelle image ne sortira de ma pensée, jamais le temps n'effacera de ma mémoire cet horrible tableau. Je vois encore ce corps inanimé, je vois glacés et flétris par la mort ces membres délicats dont j'avais tant de fois admiré la grâce et la souplesse; je vois cette tête froide et décolorée, ces cheveux épars et sanglans, ces lèvres livides, et ces yeux éteints qui jadis, brillans du feu de la volupté, m'enivraient de plaisir et d'amour (18).

Je n'essayerai pas de peindre ce que j'éprouvai dans ce moment; les sensations se succédaient trop rapidement dans mon âme pour que je puisse me les rappeler. Je demeurai quelques instans immobile de surprise et d'effroi; bientôt un nuage semble s'épaissir sur mes yeux, mes idées se confondent, ma tête s'exalte, je perds

et le souvenir de mon malheur et la vue
des objets qui m'entourent. On s'empare
de moi, on me repousse, on m'entraîne;
enfin égaré, furieux, ne sachant ni où je
suis ni où je vais, je me précipite hors
de l'appartement comme si j'étais poursuivi par le spectacle affreux dont j'avais
été frappé. J'errai long-temps au hasard,
sans dessein, sans volonté, conservant à
peine le sentiment de mon existence, mais
ayant déjà recouvré celui de ma douleur.
Je courus ainsi désespéré, hors de moi,
jusqu'à ce qu'épuisé de lassitude je tombai sans mouvement et presque sans vie.
J'ignore combien de temps dura mon éva-
nouissement; mais lorsque je revins à moi,
après ce long égarement, je me trouvai
sous les murs de ce monastère. Au premier moment de cette espèce de réveil j'a-
vais peine à concevoir ce qui m'était arrivé; il me semblait qu'un songe pénible

avait causé l'état de stupeur où j'étais plongé. Mais peu à peu les nuages qui offusquaient mes esprits se dissipèrent, le jour entra dans mon âme, et avec lui le souvenir de mes maux. Cependant l'épuisement et la fatigue ne me permettaient pas de me livrer à la violence de mon désespoir. Il me semblait d'ailleurs qu'auprès de ce monastère je respirais un air plus pur ; l'aspect seul de ces murs portait dans mon âme un calme inconnu jusqu'alors, la tranquillité qui régnait autour de moi, la vue de cet asile consacré à la piété adoucissaient l'amertume de mes regrets et me faisaient goûter une sorte de consolation. J'éprouvais un charme inexprimable, un mouvement intérieur que je n'avais jamais ressentis et que je ne pouvais définir. Enfin je reconnus l'opération de la grâce, et il ne me fut plus permis de douter que Dieu ne m'eût choisi

pour faire éclater un miracle de sa miséricorde. Quelques heures avaient changé
toutes mes idées, le malheur ramène à
Dieu, que trop souvent l'on oublie au
sein de la prospérité ; le Dieu des chrétiens est le Dieu du malheureux : aussi,
dans mon infortune, mes pensées se por-
tèrent vers celui dont jusqu'alors j'avais
à peine connu l'existence. Je me per-
suadai qu'il m'avait conduit dans ce lieu
par un effet de sa providence, afin de me
faire connaître la seule voie qui me fût
ouverte pour expier mes fautes, et trouver encore quelques consolations sur la
terre. L'idée de renoncer au commerce
des hommes n'avait rien d'effrayant pour
moi ; la solitude et l'isolement, qui jadis
m'auraient paru insupportables, faisaient
alors tout mon espoir et toute ma joie. Et
quelle douceur m'auraient promis le
monde et ses plaisirs ? Quel bonheur

pouvais-je goûter parmi les hommes? Pour
moi tout l'univers étoit mon Amélie ; je
l'avais perdue, aucune puissance ne
pouvait ni me la rendre ni me la faire oublier ; n'aurais-je pas été aussi isolé
dans le monde que dans la solitude du
cloître?

Je me décidai sur-le-champ à finir
mes jours dans ce monastère, et cette résolution me rendit toute mes forces. Je me
levai, et entraîné par une sorte d'inspi-
ration je courus me prosterner aux pieds
du vénérable abbé qui gouverne encore
notre maison. J'épanchai dans son sein
mes larmes et mes douleurs ; je lui fis l'a-
veu de mes fautes, et je lui demandai la
faveur d'être admis dans la communauté.
Il m'écouta avec bonté, et s'attendrit au
récit de mes malheurs ; il ne chercha point
à m'affermir dans mon projet ni à m'en
détourner ; il voulait que le temps éprou-

vât ma résolution. Il me parla de la mi-
ricorde de Dieu, il me fit sentir l'é-
normité de mes fautes, mais avec une
douceur, une simplicité qui me pénétra;
chaque mot retentissait au fond de mon
âme, et tandis qu'il me parlait je sentais
le calme renaître en moi. Il semblait
qu'il commandait aux passions et aux
orages du cœur, de même que le Très-
Haut commande à l'Océan et aux tem-
pêtes, et en pleurant avec moi il me ren-
voya presque consolé.

Cependant je cherchais vainement pendant les premiers mois de mon noviciat
à me distraire par la prière et des exercices de piété; ma douleur, quoique moins
vive, ne me laissait pas un moment de
tranquillité, le souvenir d'Amélie était
toujours présent à ma pensée; je ne voyais
qu'elle, je ne songeais qu'à elle; en vain
je voulais élever mon âme à Dieu; encore

tout occupé d'Amélie, c'était à elle que j'adressais mes vœux.

Enfin le temps, qui détruit tout, adoucit des regrets que je croyais éternels ; mais depuis que la solitude et la prière ont rendu le calme à ma raison, depuis que la foi et la piété m'ont fait un devoir de la résignation, je suis livré à des tourmens d'un autre genre, mais non moins affreux : les remords, la crainte de la justice éternelle ont remplacé dans mon âme ma première douleur, et me déchirent aussi cruellement. Hélas ! qui pourra m'apprendre quel est dans l'autre vie le sort de mon Amélie ! qui sait si, lorsque le Très-Haut l'a visitée dans sa colère, elle était disposée à le recevoir ! A-t-elle obtenu un seul instant pour mériter par son repentir la remise des fautes dont j'ai été le complice ? Peut-être quelques momens de faiblesse sont punis d'une éternité de

16

tourmens! peut-être elle expie au milieu
des plus affreux supplices le malheur de
m'avoir aimé! Ah! mon frère, cette idée
est terrible pour une âme chrétienne :
c'est le plus rigoureux châtiment que le
ciel m'ait infligé. Au milieu de toutes les
austérités de notre règle, c'est la pénitence la plus cruelle que j'endure! Ah!
que les privations du corps sont légères
auprès des peines de l'âme! que la haire
et le cilice sont doux auprès des épines
du remords! Quoi! je serais à jamais sé-
paré de celle avec qui mon bonheur eût
été de vivre toujours! dans l'égarement
de ma passion, j'aurais livré à des tourmens éternels celle à qui je voudrais épar-
gner un moment de douleur au prix de
tout mon sang! Cette idée est affreuse;
elle sera pour moi, jusqu'à la fin de mes
jours, un supplice insupportable. Plût à
Dieu qu'il me fût permis de m'imposer

des pénitences nouvelles, et mille fois
plus rigoureuses que celles auxquelles je
suis soumis! plût à Dieu que je pusse
souffrir mille morts, et me délivrer du
doute affreux qui m'obsède! Il me dévore
et me consume, il m'ôte tout espoir de
repos et de consolation; le jour ne suffit
pas à mes douleurs, elles se prolongent
durant la nuit par de cruelles insomnies;
ou si quelquefois la fatigue m'assoupit un
instant, le sommeil devient plus terrible
encore; des songes effrayans agitent mes
esprits: je crois voir l'ombre d'Amélie
sortir toute sanglante des flammes de l'a-
bîme et me reprocher de l'y avoir préci-
pitée; il me semble entendre ses imprécations contre le coupable ami qui a causé
sa ruine, ses blasphêmes contre le ciel
qui lui est fermé pour toujours, et chacun
de ses cris est un coup de poignard qui
me perce le cœur. Je m'éveille hors de

moi, les cheveux hérissés, couvert d'une
sueur froide, tremblant d'horreur et d'é-
pouvante; j'effraie nos frères par mes
cris. M'agitant sur ma couche brûlante,
que j'arrose de mes larmes, je demande à
Dieu avec d'instantes prières que, délivré
de cette cruelle anxiété, je puisse au moins
conserver l'espoir de revoir un jour dans le
sein de sa gloire celle que j'aimais plus que
ma vie... Mais jusqu'à ce jour mes larmes
ont été vaines, mes prières ne sont point
exaucées. La même inquiétude me déchire,
les mêmes images me poursuivent et m'ob-
sèdent. Jugez maintenant, mon fils, si ma
douleur est légitime et si j'ai sujet de ré-
pandre les pleurs que vous voyez couler.

L'histoire du père Arsène m'avait vivement intéressé, et le penchant que j'é-
prouvais pour lui avant de le connaître
devint un sincère attachement. Je le re-
merciai de ses bons avis, je lui promis

d'en profiter, et, craignant de prolonger par ma présence l'émotion pénible qu'il éprouvait, j'allais me retirer lorsque j'entendis tinter la cloche du monastère. Étonné de ces sons lugubres, qui n'avaient point encore frappé mon oreille depuis que je suivais les exercices de la communauté, je m'arrêtai pour écouter avec plus d'attention. Le père Arsène s'en aperçut, et reprenant la parole, Cette cloche, dit-il, dont les tintemens sinistres se font entendre à de longs intervalles, est le signal de la mort; elle nous annonce qu'un de nos confrères touche à sa dernière heure. Venez, mon fils, venez vous joindre à toute la communauté pour assister à ce passage effrayant du temps à l'éternité; venez apprendre à mourir : après tous les exemples que vous avez reçus pendant votre séjour parmi no   cette grande leçon vous manqua t encue.

A ces mots le père Arsène se leva , et
je le suivis à l'infirmerie. Le père Ambroise était étendu au milieu de la salle
sur une couche de cendre et de paille(20).
Ses regards étaient tournés vers le ciel ,
ses mains jointes sur sa poitrine , et il paraissait méditer profondément, tandis que
tous les frères , rangés autour de lui , ré-
citaient à voix basse les prières des ago-
nisans. Une seule lampe éclairait l'appartement, et sa faible lueur donnait à ce
lugubre spectacle un aspect vraiment solennel. Je pris place parmi les religieux ,
et en mêlant mes prières aux leurs je me
sentais pénétré d'une ferveur que je n'a-
vais jamais éprouvée. Rien dans les traits
du père Ambroise n'annonçait l'approche de la mort; son visage conservait sa
sérénité ordinaire , et dans ses yeux bril-
laient une sorte de ravissement. Je pensais
que c'était un devoir pour le père abbé

d'assister son frère dans cet instant cruel,
où souvent la nature, luttant contre la foi,
ébranle la fermeté des chrétiens les plus
fervens ; mais, préparés à la mort dès
le premier jour de leur noviciat, les religieux de la Trappe dépouillent toute
humaine faiblesse, et ne connaissent
point ces lâches terreurs qui assiégent les
heureux du siècle : au lieu de recevoir des
exhortations pour se résigner à mourir et
supporter avec courage cette dernière
épreuve, ce sont eux qui au lit de mort
engagent leurs frères à persévérer dans le
bien. La vie du père Ambroise avait été
assez pure pour qu'il ne redoutât point la
mort : aussi la voyait-il approcher sans
crainte, et le calme qu'il conserva jusqu'au dernier soupir annonçait assez la
sérénité de son âme. Après cinquante
ans (21) de profession il s'estimait heureux
de retourner vers la céleste patrie, dont

ses pieux travaux lui assuraient l'entrée.
Il fit signe de la main, se recueillit quelques instans, et prenant la parole d'une voix assez ferme, Mes frères, dit-il, suspendez vos prières; elles sont exaucées, l'instant de ma délivrance approche. Plus heureux que vous, je quitte cette vallée de misère pour commencer une éternité de bonheur; la mort ne m'a point surpris, j'étais préparé à la recevoir, et je la contemple sans effroi. A cette heure où les illusions de la vie se dissipent pour faire place à la vérité, combien je m'estime heureux d'avoir marché d'un pas ferme et sûr dans la sentier de la justice! Suivez-le avec courage, mes frères, persévérez dans le bien, et comme moi vous en serez récompensés à l'heure de la mort. Croyez-moi, mes frères, quand on a bien vécu il est facile de mourir*. »

* *In malitiâ suâ expelletur impius; sperat autem justus in morte suâ.* (Prov., XIV, 32.)

En achevant ces mots le père Ambroise
leva les yeux au ciel ; puis il les ferma
doucement, et s'endormit en paix. Le père
abbé récita le *Miserere* et le *De profundis*,
que nous répétâmes à voix basse , et chacun se retira en silence.

Je rentrai dans ma cellule, mais j'étais
trop ému pour me livrer au sommeil.
Quel beau spectacle que l'homme de bien
luttant contre la mort (22) ! Je l'avais
souvent contemplée entourée d'un cortége hideux de remords et de terreurs, je
venais de la voir au contraire accompa-
gnée de la joie et de la sérénité, et
elle paraissait plus imposante encore. La
pieuse résignation du mourant, l'expression d'espérance et d'amour qui brillait encore sur ses traits lorsqu'il n'était déjà plus,
écartaient toute idée de terreur et n'inspiraient que des pensées graves et solen-
nelles. Heureux, me disais-je, celui qu'une

vie sans reproche dispose à mourir ainsi !
heureux celui qui dans la mort ne voit
que le passage à une éternelle félicité! En
méditant sur ce sujet je conçus un instant
le désir de renoncer au monde pour me
fixer auprès des pieux frères qui m'avaient
édifié par leur exemple ; mais j'étais trop
faible encore , trop nouveau dans la vie
des justes , pour accomplir cette sainte
résolution. Retenu à la terre par des liens
bien chers , je n'avais pas le courage de
les rompre , et mon dessein pieux ne fut
qu'un éclair fugitif , qui s'évanouit en
naissant.

Le lendemain matin je me levai de
bonne heure afin d'assister à la messe, qui
fut célébrée par le père abbé, et après l'a-
voir entendue avec ferveur j'allai faire
mes adieux au bon religieux. Je le remer-
ciai de l'accueil hospitalier que j'avais
reçu dans la communauté, et surtout de

l'occasion qu'il m'avait procurée de m'é
difier en suivant ses frères dans leur vie
intérieure et leurs exercices de piété ; puis
je pris congé de lui en l'assurant que leurs
leçons n'avaient point été inutiles , et que
je sortais de l'abbaye meilleur que je n'y
étais entré.

HISTOIRE

DU PÈRE NICOLAS. *

Des hommes graves et dont l'opinion est du plus grand poids, semblent convaincus que les théories et les leçons de morale agissent puissamment sur les esprits ; d'autres, au contraire, prétendent prouver leur inutilité en citant une foule d'exemples où elles ont été sans effet sur la conduite de l'élève et du précepteur. Voyez, disent-ils, parmi ceux qui ont assisté aux dissertations morales les plus éloquentes, aux leçons des maîtres

---

* L'Histoire du Père Nicolas, traduite de l'anglais, est tirée des OEuvres d'Henri Mackenzie.

les plus insinuans et les plus habiles, parmi ceux qui ont écouté les doctrines et les
conseils des professeurs les plus savans et
les plus vertueux, combien peu répondent
par la suite aux sages instructions qu'ils
ont reçues et aux préceptes que si souvent
on leur a répétés. Des penchans innés ou
des habitudes acquises règlent, toutes nos
actions, et la leçon qui persuade ainsi
que le récit qui émeut n'exercent sur la
conduite de celui qui écoute et qui pleure
qu'une influence passagère.

Mais s'il est vrai de dire que les exemples de leur efficacité sont assez rares, s'en-
suit-il nécessairement que les leçons ou
les histoires morales soient absolument
inutiles ? Sans doute, parmi les motifs qui
nous portent à agir, les plus forts étouffe-
ront toujours les plus faibles, et ceux dont
l'influence ne se fait sentir qu'à de longs
intervalles, céderont à ceux dont l'ac-

tion est permanente. Ainsi , quelquefois
l'homme fera taire la raison pour obéir à
ses passions , et des amis corrompus effa-
ceront à la longue les plus heureuses impressions reçues dans l'enfance. Mais ces
premières impressions , de même que la
raison , exercent une influence que nous
sommes rarement en état d'apprécier.
Les circonstances où elles ont été sans
force sont aisément connues et le sont
même infailliblement, tandis que c'est avec
peine que nous parvenons à découvrir les
cas rares où leur influence a préservé de
la contagion ; et lors même que nous en
sommes instruits nous en sommes moins
vivement frappés.

Souvent, au surplus, les conseils et les
leçons de morale sont présentés à la jeunesse expérimentée sous une forme si
peu agréable qu'ils ne peuvent ni con-
cilier leur bienveillance ni commander

leur attention. Lorsque l'on vous dit d'un ton pédant et avec un visage sévère, Je vais vous former et vous instruire, l'auditeur s'attend à recevoir une de ces leçons dogmatiques et fatigantes que des jeunes gens étourdis et légers redoutent et évitent toujours, parce qu'elles les ennuient. Vous produirez une impression moins forcée et plus durable si vous donnez lieu de faire l'observation sans qu'elle ait été suggérée, si c'est par le sentiment que vous vous adressez à la raison. Voilà ce qui m'a vivement frappé en écoutant l'histoire du père Nicolas; je n'ai jamais mieux senti le danger de la dissipation, jamais je n'ai été plus honteux d'avoir rougi de la vertu.

Dans une petite ville de la Basse-Bretagne existait un couvent de bénédictins où je me déterminai, par des circonstances particulières, à faire un séjour de

quelques semaines. La communauté possédait plusieurs tableaux précieux que
les étrangers venaient souvent visiter, et
je me joignis à une troupe de voyageurs
qui allaient les admirer. Pour moi, dans
un lieu semblable, je m'attache de préfé-
rence à contempler les hommes : si le
monde nous offre une scène mouvante qui
rend l'observation facile, dans ces sociétés
isolées nous trouvons une espèce de vie
tranquille qui nourrit la pensée et porte
à la méditation. Souvent cependant, je l'a-
voue, j'ai été désappointé ; j'ai vu sous la
coule bon nombre de figures insignifiantes
dont l'imagination ne pouvait tirer aucun
parti, de ces figures communes que l'on
rencontre partout et qui conviendraient
bien à une corporation de boulangers ou
de bouchers. C'est à cette dernière classe
qu'appartenaient la plupart de celles
que j'aperçus dans la communauté que

j'allais visiter; l'une d'elles cependant
me sembla d'une tout autre nature, c'é-
tait celle d'un religieux prosterné loin de
l'autel, auprès d'une fenêtre gothique.
Son front chauve, fortement éclairé par
un rayon de lumière qui tombait obli-
quement à travers les vitraux colorés,
tandis qu'une ombre épaisse se projetait
sur ses grands yeux noirs, sombres et mé-
lancoliques, formait un tableau digne de
Rembrandt. Il était impossible de ne le
pas remarquer. Ses regards étaient fixés,
par hasard peut-être, sur une figure du
Christ portant sa croix, et l'attitude calme
de tous les deux, la tranquille résignation
qu'exprimait leur visage, offrait une res-
semblance frappante. C'est le père Nicolas,
me dit mon conducteur à voix basse; c'est
de toute la communauté le plus rigide
envers lui - même et le plus indulgent
pour les autres : toujours prêt à por-

ter aux malades , aux pauvres et aux mourans des secours et des consolations, il n'entend jamais sans attendrissement le récit d'une infortune; jamais on n'implore en vain sa pitié, et pourtant il enchérit encore sur les mortifications et les austérités que prescrivent les plus rigides réglemens de son ordre ; ce n'est que par ses œuvres de charité que l'on s'aperçoit qu'il est resté en lui quelque chose d'humain. Ce sujet semblait donner de l'éloquence à mon conducteur ; j'étais jeune , ardent , avide de connaître: ses paroles produisirent sur moi une profonde impression, et je n'eus ni repos ni patience jusqu'à ce que je fusse présenté au père Nicolas. Je ne sais s'il fut charmé de mes manières, s'il était favorablement disposé par sa bonté naturelle ou bien encore par les recommandations que je me procurai, mais le bon religieux me témoigna la bienveil-

lance d'un père. Mon fils, me dit-il, les
jeunes gens de votre âge recherchent rarement la société d'un vieillard tel que
moi. Pour vous le monde est dans sa
fleur, pourquoi devancer le moment qui
doit la flétrir ? le plaisir et la gaieté vous en-
vironnent, et vous visitez la cellule qu'habitent la tristesse et le malheur? Cependant,
quoique mort au monde, je ne suis pas
insensible aux prévenances sociales, je sens
tout le prix de votre obligeante attention,
et je désire trouver un jour l'occasion de
vous en donner la preuve. Le bon père
s'aperçut de mon goût pour les lettres, et
s'empressa de me montrer quelques ma-
nuscrits précieux et des livres rares que
possède la communauté ; mais en ce moment ils avaient peu d'attraits pour moi.
Enfin le hasard me fournit l'occasion
d'apprendre ce qu'avant tout je désirais
connaître, le père Nicolas lui-même,

l'histoire de ses malheurs et la cause
de ses austérités.

Un soir que j'entrais dans sa cellule,
après avoir frappé sans être entendu, je
le vis prosterné devant un crucifix auquel était suspendu un petit tableau qui
me sembla une image de la Vierge. Ses
deux mains couvraient son visage, et il
poussait de profonds soupirs. J'étais de-
bout derrière lui, ne sachant si je devais
attendre la fin de sa prière, ou me retirer
comme j'étais entré, sans être aperçu;
un mélange de curiosité et de pitié me
rendit immobile. Tout à coup, comme si
elle eût été agitée d'un mouvement con-
vulsif, sa main tomba de dessus ses yeux,
il saisit la petite image, la baisa à plusieurs reprises, la pressa sur son cœur,
et la regardant avec attendrissement, il
versa un torrent de larmes. Après une
légère pause il joignit les mains, et leva

les yeux au ciel en proférant quelques
mots que je ne pus entendre; puis il
poussa un profond soupir, qui semblait
compléter pour cette fois la somme de
ses douleurs, et se levant à l'instant, il
m'aperçut. Honteux de ma position, je
balbutiai quelques mots d'excuse, en
l'assurant que c'était involontairement
que j'avais interrompu sa prière. Hélas!
me dit-il, ne vous y trompez pas, ce ne
sont point des larmes d'amour, ce ne sont
point des élans de componction que vous
contemplez; ce sont les angoisses du remords. Peut-être, jeune homme, ne sera-
t-il pas sans utilité pour vous d'entendre
le récit de mes fautes et de mes douleurs : vous semblez d'un caractère facile;
comme moi vous pouvez être exposé à la
tentation, comme moi vous pouvez être
victime d'une vertu trop confiante, d'un
heureux naturel mal dirigé, d'une honte

mal placée et d'un faux amour-propre.

Je m'appelle Saint-Hubert; ma famille est ancienne et honorable, quoique
des revers de fortune lui aient enlevé une
portion considérable des riches propriétés qu'elle possédait jadis. Je perdis mon
père avant de pouvoir apprécier l'éten-
que de cette perte, et ma jeune imagination se persuada bientôt que la tendresse
facile de ma mère, toujours demeurée
veuve, suppléait suffisamment à l'appui
et aux sages conseils que j'aurais pu attendre d'un père. Je terminai, avec quelque succès, le cours d'études que l'on
pouvait suivre dans la capitale de ma province, et alors ma mère se décida à m'en-
voyer à Paris avec le fils d'un de nos voisins, dont la famille, moins ancienne que
la nôtre, était mieux partagée des dons
de la fortune. Le jeune Delasserre (c'était
le nom de mon condisciple) se destinait

à la profession des armes ; quant à moi,
des circonstances particulières me promettant plus d'avantages dans une autre
carrière, je me décidai pour la robe, et
d'après le conseil des amis de ma famille,
ma mère résolut de m'acheter une charge
aussitôt que j'aurais acquis les qualités
nécessaires pour la remplir. Delasserre
laissait éclater un souverain mépris pour
toute autre profession que celle des armes, et il ne négligeait aucune occasion
de m'inspirer les mêmes préventions.
Dans la capitale, de nouveaux motifs
m'excitaient sans cesse à les partager. La
fierté des hommes d'épée, l'orgueilleuse
supériorité qu'ils affectaient envers leurs
concitoyens éveillaient mon ambition et
blessaient ma vanité. J'avais reçu de la
nature un amour-propre tellement sus-
ceptible que j'étais incapable de supporter les railleries, même de gens inférieurs

à moi sous tous les rapports. Un ignorant, en prenant le ton de l'assurance et de la supériorité, était certain de me confondre même sur les sujets qui m'étaient le plus familiers, et souvent mes opinions les mieux raisonnées cédaient à l'effronterie d'un sophiste éhonté ou d'un libertin sans pudeur. La profession dont ma famille avait fait choix pour moi demandait de l'application, du travail et une grande pureté de mœurs. Lorsqu'une fois je me fus persuadé qu'elle était avilissante, j'en conclus bientôt que les qualités qu'elle exige n'étaient pas plus honorables, et rougissant des penchans vertueux que j'avais reçus de la nature, j'affectai des vices que je méprisais, que je détestais. Delasserre jouissait de mon apostasie comme d'une victoire. Au collége je l'avais laissé bien loin derrière moi, j'avais obtenu les récompenses de l'application et du savoir

18

qu'il ambitionnait en vain ; mais à Paris
il triomphait à son tour. Plus favorisé
par la fortune, il se donnait par son luxe
et ses airs de grandeur une apparence de
supériorité ; ses épaulettes lui inspiraient
une assurance qui eût été déplacée dans
ma position, et, depuis long-temps endurci dans la dissipation et la débauche,
il me menait à la lisière, comme un enfant
qu'il formait à l'indépendance ou comme
un écolier à qui il apprenait à vivre. La
tendresse aveugle de ma mère me procu-
rait les moyens d'imiter les profusions de
mes nouvelles connaissances, et de m'as-
socier à leurs plaisirs, si toutefois je puis
nommer ainsi de prétendus plaisirs que
je partageais avec contrainte et qui ne
me laissaient que des remords. Quelquefois, trop rarement, hélas ! je devenais
hypocrite en sens contraire ; compatis-
sant, généreux et bienfaisant, mais en ca-

chette, je me vantais auprès de mes coupables amis d'avoir dépensé dans le vice, le libertinage et la débauche, le temps et l'argent que j'avais consacrés à un tout autre usage.

Cependant le genre de vie où je me laissais entraîner détruisait peu à peu mon penchant à la vertu, et brisait les liens que ma conscience opposait au vice. Heureusement pour moi la dangereuse liaison que j'avais formée fut rompue tout à coup par l'ordre que reçut inopinément Delasserre, de rejoindre son régiment en garnison à Dunkerque. Il me proposa de l'accompagner jusqu'en Picardie, afin de séjourner deux ou trois jours avec lui à la demeure d'un de ses parens qu'il se proposait de visiter en passant. Je vous présenterai volontiers, me dit-il en plaisantant; car je suis sûr d'avance que vous deviendrez le favori de la maison; mon

cousin Santonges est aussi grave et aussi
composé que vous l'étiez lorsque je vous
ai vu pour la première fois. L'homme
de bien qu'il dépeignait ainsi possédait,
en effet, toutes les vertus dont les sarcas-
mes de Delasserre m'avaient fait rougir,
mais que je n'avais jamais cessé de res-
pecter : aussi, au sein de sa famille, je re-
trouvai bientôt l'heureuse situation d'esprit d'où j'étais déchu au milieu de la
société dissolue que je fréquentais à Paris.
Santonges me fortifiait par son exemple ;
ses conseils ranimaient mon ardeur naturelle pour le bien, et sa fille Émilie
m'offrait un guide encore plus sûr pour
me conduire à la vertu. Nous voyions peu
de femmes à Paris ; mais le souvenir de
ce qu'elles étaient me faisait trouver un
charme irrésistible dans les grâces naïves
et les manières simples d'Émilie. Delasserre cependant la trouvait froide et in-

sipide. Il quitta la maison de son parent
trois jours après notre arrivée, en me
promettant de me rejoindre à Paris aussitôt que son régiment aurait passé la re-
vue. Ailleurs on végète, me dit-il; on
ne vit qu'à Paris. J'en jugeais tout autre-
ment; je ne pouvais vivre qu'auprès d'É-
milie de Santonges. Mais pourquoi rappeler ces jours d'une félicité parfaite, et
songer encore aux charmes de mon Émilie? Je puis déjà lui donner ce nom, car
elle ne tarda pas à m'appartenir. L'hiver
suivant, M. de Santonges, dont la santé
s'altérait sensiblement, se décida à venir
à Paris avec sa fille. Je lui prodiguai les
soins assidus qu'exigeait son affection pour
moi, et qui, avec l'assistance d'Émilie,
devenaient un plaisir plutôt qu'un acte de
complaisance; mais tous nos efforts, se-
condés par ceux des plus habiles méde-
cins, furent inutiles; il mourut, confiant

18*

sa fille à mon amitié. Ce fut alors seulement que j'osai aspirer à son affection, et
que, mêlant mes larmes à celles d'Émilie
sur la tombe de son père, je lui demandai, en tremblant, si elle me croyait digne de lui offrir des consolations. Simple,
ennemie du mensonge, Emilie ne connaissait ni la feinte ni la dissimulation :
elle m'accorda sa main, qui était la récompense de mes vertus (car alors j'étais
vertueux), et en même temps un puissant motif pour y persévérer. Nous nous
retirâmes au château de Santonges pour
jouir de la félicité la plus pure qu'il soit
donné à l'homme de goûter. Émilie la
méritait par ses heureuses qualités, et je
puis le dire sans orgueil, puisque c'est
aujourd'hui le sujet de ma honte, Saint-
Hubert, si coupable depuis, était alors
digne de son bonheur.

Une année entière s'était écoulée au

sein de cette heureuse tranquillité, lorsque mon Émilie devint enceinte. J'idolâ-
trais ma femme; l'on peut juger par là
quelles inquiétudes m'inspira son état. Je
lui proposai donc d'aller passer quelques
semaines à Paris, afin qu'au moment du
danger, désormais assez prochain, elle
pût recevoir des soins plus habiles que
ceux qu'on pouvait lui offrir en province.
Elles refusa positivement sous divers pré-
textes; mais la plupart de nos voisins ap-
prouvaient fort ma résolution, et l'un
d'eux, neveu d'un receveur général, qui
avait acheté la terre dont son père était
jadis fermier, me dit qu'entre les mains
d'un chirurgien de village ma femme serait exposée aux plus grands dangers,
ajoutant que quiconque était en état de
faire la dépense d'un voyage à Paris se
garderait bien de la lui confier. Je fus
piqué de ce reproche de parcimonie, et

aussitôt le voyage fut résolu. Je pouvais
d'ailleurs employer un prétexte plausible
pour amener ma femme à y consentir,
ayant été choisi pour exécuter les dernières volontés d'un ami qui venait de
mourir à Paris, laissant quelque bien.
Émilie se rendit enfin, et nous partîmes
pour la ville.

Pendant quelque temps je sortis rarement. L'hôtel que nous occupions était
le même qu'habitaient Émilie et son père
lorsqu'il vint à Paris pour y mourir, et
léguer sa fille à mon amour. Occupés l'un
et l'autre de ces souvenirs tendres et douloureux, nous trouvions à nous les retracer
mutuellement une sorte de plaisir mélancolique qui nous eût rendu insupportable
la présence d'un étranger. Quelquefois
Émilie se laissait aller à ces tristes pres-
sentimens qu'éprouvent assez ordinairement les femmes d'une excessive sensibi-

lité, dans une position semblable à la
sienne ; j'employais tous mes efforts à dissiper ses craintes. Je ne vivrai point,
disait-elle, pour revoir Santonges ; mais
là mon Henri pensera à moi, en se promenant dans ces bois que nous avons parcourus ensemble, aux bords de ce ruisseau
dont nous avons écouté le murmure, nous
livrant en silence à ces douces rêveries
que le langage, pour moi du moins, ne
saurait exprimer. — Le bon religieux
fut un instant accablé par les tendres souvenirs qui se pressaient dans son esprit,
et ses larmes l'empêchèrent de parler.
Après une courte pause, il reprit d'une
voix faible et tremblante :

Pardonnez à l'émotion qui a interrompu mon récit ; vous me plaignez, et
pourtant les larmes que je répands ne
sont pas toujours aussi douces ; le souvenir de mon Émilie a transformé mes cha-

grins amers en une douleur tranquille,
mais j'en suis indigne. Écoutez l'aveu de
mes remords.

L'heureuse délivrance de mon Émilie
dissipa enfin ses inquiétudes ; elle mit au
monde un fils, et ce fut avec un ravissement inexprimable que nous contemplâ-
mes ce tendre objet d'un sentiment si
nouveau pour nous. Émilie voulut nourrir elle-même son enfant ; lui prodiguer
ses soins était pour elle un devoir ou plutôt un plaisir ; d'ailleurs il eût été difficile,
à Paris, de se procurer une nourrice en
qui l'on pût avoir confiance. Nous nous
proposions de retourner à la campagne
aussitôt que ses forces lui permettraient
de faire le voyage, et en attendant je pro-
fitais de ses momens de sommeil pour
terminer en ville les affaires dont la confiance d'un ami mourant m'avait chargé.

Un jour que j'étais sorti pour cet ob-

jet, je rencontrai, en traversant les Tui-
leries, mon ancienne connaissance Delasserre. Il m'embrassa avec une effusion de
tendresse à laquelle, connaissant son naturel, j'étais certes bien loin de m'attendre, surtout après le long espace de temps
qui s'était écoulé depuis que notre cor-
respondance était interrompue. Il avait
appris par hasard, me dit-il, que j'étais
à Paris, et il m'avait cherché vainement
pendant plusieurs jours. Il est vrai que
c'était l'homme du monde que je craignais
le plus de rencontrer. J'avais entendu parler à la campagne de ses dépenses extra-
vagantes; l'on racontait même sur son
compte certaines anecdotes peu honorables, et qui ne semblaient incroyables
qu'aux gens trop peu familiarisés avec la
corruption du monde pour connaître sa
bassesse. Cependant je m'aperçus qu'il
avait conservé sur moi une sorte d'ascen-

dant que je cherchais vainement à justi-
fier, en me disant qu'il était peut-être
moins coupable qu'on ne l'avait supposé.
Après diverses questions accompagnées de
l'assurance réitérée qu'il partageait mon
bonheur, il me pressa si vivement de passer la soirée avec lui que, malgré l'espèce
d'obligation que je m'étais imposée de rester à l'hôtel, j'eus honte de refuser, et je
promis de le rejoindre à l'heure fixée.

La réunion se composait uniquement
de Delasserre et de deux autres officiers,
dont l'un, beaucoup plus âgé qu'aucun
de nous, décoré de la croix de Saint-
Louis et portant l'uniforme de colonel,
me parut l'homme le plus aimable que
j'eusse jamais rencontré. J'étais sorti avec
répugnance, m'attendant bien à trouver
une réunion toute différente, de sorte que
celle-ci me parut doublement agréable.
L'espèce de tristesse que je ressentais en

entrant, par l'idée de la contrainte que
j'allais éprouver, se dissipa par degrés.
Une conversation vive et enjouée ranima
ma gaieté, et je me trouvai promptement
à l'aise avec le vieil officier qui, à un esprit vif et orné, joignait un jugement
droit, qualités dont j'ai toujours fait le
plus grand cas; mais que je ne m'attendais guère à rencontrer parmi des con-
vives choisis par Delasserre. Il était tard
lorsque nous nous séparâmes, et en quittant le colonel je reçus, non sans plaisir,
une invitation pour souper avec lui le
lendemain au soir.

Chez lui, la réunion fut animée par
la présence de sa sœur et d'une jeune
veuve de ses amies, dont les traits, sans
être d'une régularité parfaite, offraient
dans leur ensemble quelque chose de plus
attrayant encore que la beauté. Lorsqu'elle
gardait le silence, il régnait sur son vi-

sage une expression de douceur enchan-
teresse ; et lorsqu'elle souriait en parlant,
sa physionomie devenait encore plus sé-
duisante. Je fus placé près d'elle, et peu
habitué aux galanteries du grand monde,
je désirais lui être agréable, sans oser
l'espérer. Cependant il me sembla que
ma conversation et mes manières ne lui
déplaisaient pas, et de mon côté j'étais
aussi flatté que charmé des siennes. L'on
joua, contre mon avis et celui de cette
dame, et nous gagnâmes plus que je ne
l'aurais désiré. Si j'avais été aussi riche
que Delasserre j'aurais insisté pour que
l'on jouât moins gros jeu ; mais nous sem-
blions les seuls à qui nos succès causas-
sent quelque embarras, et nous finîmes
par nous retirer de fort bonne humeur.
Madame de Trenville (c'était le nom de
la jeune veuve) engagea en souriant le
colonel à venir prendre sa revanche chez

elle, ajoutant avec un air de franchise et de modestie, qu'ayant partagé ses succès, elle espérait que je ne refuserais pas de m'exposer avec elle aux chances d'une fortune contraire.

Ma femme parut d'abord charmée de me voir chercher dans le monde quelque délassement à mes assiduités auprès d'elle; mais lorsque mes absences devinrent plus fréquentes, mes soirées étant consacrées presque tout entières à madame de Trenville, quoique son langage fût toujours le même, elle ne put s'empêcher de laisser paraître sur son visage le déplaisir que lui causait mon éloignement. Je m'en aperçus, et touché de ses reproches muets, je me fis excuser le lendemain au soir de me rendre à une invitation que j'avais acceptée. Mais la société de ma femme me sembla bien différente de ce qu'elle était précédemment; pensifs l'un

et l'autre, nous craignions de nous confier mutuellement nos idées. L'embarras
d'Émilie perçait dans ses regards, et de
mon côté je dissimulais mal, sous une
fausse apparence de gaieté, la contrainte
que j'éprouvais.

Le lendemain Delasserre vint me rendre visite, et vit ma femme pour la première fois. Il me plaisanta doucement
sur ce que j'avais rompu mes engagemens
le soir précédent, et il ajouta qu'il en
avait contracté un nouveau en mon nom.
Ma femme insista pour que j'acceptasse;
son cousin approuva fort sa conduite, et
lança en passant quelques railleries sur
l'art de bien gouverner les femmes. Le
soir, avant de sortir, j'allai m'informer
de l'état d'Émilie; je crus voir quelques
larmes qui roulaient dans ses yeux, et
sans la honte de manquer encore au ren-
dez-vous, je restais près d'elle. Tout le

mende remarqua mon air froid et sérieux ; Delasserre en prit occasion de s'é-
gayer à mes dépens, et mon ami le colonel
lança aussi quelques brocards sur le mariage. Ce fut la première fois que j'éprouvai quelque embarras en m'apercevant
que j'étais le seul homme marié de la société.

L'on joua plus gros jeu et plus tard
qu'à l'ordinaire ; mais je voulais prouver
que je ne craignais point les reproches de
ma femme, et je ne fis aucune observation. Je perdis beaucoup, et je rentrai
chez moi chagrin et humilié. Je vis Émilie le lendemain matin ; elle était triste ;
il me sembla que ses regards me repro-
chaient ma conduite, et j'eus l'injustice
de m'en fâcher. Delasserre vint me chercher pour dîner avec lui ; chemin faisant
il me dit qu'Émilie lui avait semblé indis-
posée.—L'air de la campagne la rétablira,

19*

lui répondis-je. — Avez-vous l'intention de quitter Paris?—Dans quelques
jours. — Si j'avais les mêmes motifs que
vous pour y rester!—Que voulez-vous
dire?—L'attachement d'amis tels que les
vôtres, l'amitié, et ce n'est pas dire assez,
l'affection d'une femme telle que madame.
de Trenville. Je ne sais de quel air je
l'écoutais; mais il n'insista pas sur ce sujet, peut-être en étais-je moins offensé que
je n'aurais dû l'être.

Après le dîner, nous nous rendîmes
chez cette dame; sa mise était d'une élé-
gance remarquable, et elle me parut plus
belle que jamais. La réunion était plus
nombreuse et plus animée qu'à l'ordinaire. La conversation roula sur mon
projet de départ, et Delasserre, secondé
par la plupart des jeunes gens qui se trou-
vaient dans le salon, dépeignit avec beaucoup d'esprit le ridicule des manières des

campagnards, l'insipidité et la niaiserie de leurs amusemens. Madame de Trenville ne prit aucune part à leurs railleries, et quelquefois elle semblait dire, en me regardant, que ce sujet était trop sérieux pour qu'elle se permît d'en plaisanter. J'étais honteux, contrarié de ce projet de départ annoncé, et pourtant plus flatté qu'embarrassé des prévenances dont j'étais l'objet.

Cependant, aussi lâche pour le mal que pour le bien, je voulus éviter un éclat qui peut-être m'aurait sauvé; et pour tromper Émilie, et lui cacher mes visites à madame de Trenville, je prétextai quelques incidens aussi fâcheux qu'imprévus, qui retardaient la conclusion des affaires dont j'étais chargé. Son âme était trop pure pour connaître les soupçons et la jalousie, et même pour un novice en fourberie tel que moi, il était aisé de la

tromper. Il est vrai que je trouvais en
Delasserre un habile instituteur; il avait
repris sur moi tout l'ascendant qu'il exerçait jadis, et il acquit encore de nouveaux
droits à ma confiance, par l'aveugle passion que ma faiblesse et ma folle vanité,
plus encore que son art et sa beauté,
m'inspirèrent pour madame de Trenville.

Précisément à cette époque, arriva à
Paris un jeune homme de notre province,
qui apportait à Emilie des lettres d'une
de ses amies, dont la demeure était voi-
sine de Santonges. C'était un peintre en
miniature qui venait à Paris se perfec-
tionner dans son art. Émilie, dont l'affection pour son fils allait jusqu'à l'idolâtrie,
proposa de le peindre dans l'attitude in-
nocente du sommeil, et le jeune peintre
l'assura qu'il s'y prêterait volontiers, à
condition qu'elle lui permît de peindre

son fils dans ses bras. Ceci devait se faire en cachette, afin de me ménager une surprise lorsque le portrait serait achevé; et tout occupée de faire réussir cette petite supercherie, Émilie semblait voir avec plaisir que j'acceptasse de fréquentes invitations; elle m'engageait même à sortir, afin que, pendant mon absence, l'on pût travailler au portrait.

Elle était loin de soupçonner l'emploi du temps que je passais loin d'elle. Assujéti en esclave à une passion honteuse, je trahissais la foi jurée dans les bras de la plus artificieuse et de la plus indigne de toutes les femmes; ou bien, dissipateur insensé, je dépensais au jeu, avec des fourbes et des escrocs, le faible patrimoine que réclamaient pour subsister et ma femme et mon fils. Voilà le piége que Delasserre et ses dignes associés avaient couvert du voile du désintéresse-

ment et de l'amitié. De son côté madame
de Trenville avait l'art de me persuader
qu'elle était victime de son affection pour
moi. Elle m'avait offert de me dédomma-
ger de ses propres deniers, des premiers
revers que j'éprouvai au jeu, puis elle
s'en prévalut pour faire un appel à ma
générosité, et exiger que je réparasse les
pertes auxquelles je l'avais entraînée.
Après avoir épuisé tout l'argent que je
possédais, et celui que je me procurai
par mon crédit, je pouvais encore prévenir ma ruine; mais lorsque je réfléchis-
sais qu'il fallait rentrer pauvre et humilié
dans les lieux que j'avais quittés heureux
et respecté, je ne me sentais pas le courage de reparaître à Santonges. Enfin, ne
consultant que mon désespoir, j'engageai,
sous hypothèque, toutes mes propriétés,
et décidé à recouvrer ce que j'avais perdu
ou à me perdre moi-même, je courus

mettre au jeu cette dernière ressource. L'on devine aisément quel fut le résultat.

Je fus un instant accablé de l'horreur de ma situation ; enfin, revenu à moi, je courus chez madame de Trenville. Elle m'accueillit en homme qui ne méritait plus qu'on prît la peine de le tromper. Ce dernier coup acheva de me dessiller les yeux ; certain de sa perfidie, convaincu qu'elle avait été l'instrument de ma ruine, je la quittai en l'accablant d'imprécations. Elle les écouta avec l'indifférence d'une femme habile dans l'art de la séduction, et depuis long-temps endurcie dans le vice. Je sortis brusquement sans savoir où j'allais ; cependant mes pas se dirigèrent machinalement vers mon hôtel. Rendu à la porte, je m'arrêtai, comme si j'avais été menacé de mort en y entrant. Je fis quelques pas en arrière, et je revins aussitôt ; deux fois j'essayai de

frapper, et je n'en eus pas le courage; en
proie à la plus horrible agitation, mon
cœur palpitait avec violence, et mes genoux tremblans se dérobaient sous moi.
Il était nuit; autour de moi, dans la rue,
régnaient le silence et l'obscurité; je m'é-
tendis sur le seuil de la porte en faisant
des vœux pour que le fer d'un assassin
me délivrât à la fois de la vie et de mes
remords. Enfin le souvenir d'Émilie, l'i-
mage de mon fils enfant, brillèrent un
moment au milieu du délire de mon imagination, et des larmes de tendresse cou-
lèrent de mes yeux. Je me levai, je frappai à la porte, et lorsqu'on l'eût ouverte,
je me rendis, sans bruit, à l'appartement
de ma femme. Elle dormait, et à la clarté
d'une veilleuse qui brûlait auprès de son
lit, je vis son fils endormi sur son sein,
et entrelaçant ses petites mains autour du
cou de sa mère. Figurez-vous ce que je

souffris à cet aspect! Elle souriait en dor-
mant, et semblait rêver au bonheur. Ma
raison s'égara de nouveau, et en songeant
qu'à son réveil elle serait condamné à la
misère, je conçus l'horrible dessein (le
souvenir seul me fait frissonner) de les
égorger l'un et l'autre tandis qu'ils dor-
maient, et de me poignarder auprès d'eux.
Je portais la main au cou de ma femme ;
l'enfant ouvrit ses petits doigts , et saisit
un des miens. Cette douce pression pénétra jusqu'à mon cœur ; je fondis en larmes ; mais je n'eus pas le courage de rester
pour informer Émilie de ma ruine. Je me
précipitai hors de l'appartement, et me
retirant dans un hôtel inconnu , au fond
du quartier le plus isolé de Paris, je lui
écrivis quelques mots sans ordre et sans
suite, pour lui apprendre mes folies et
mes crimes, en lui disant que j'allais sur-
le-champ quitter la France, pour n'y ren-

trer qu'après avoir expié mes fautes par
mon repentir, et réparé par mon industrie, la ruine où je l'avais entraînée. Je
finissais par la recommander, ainsi que
mon fils, aux soins de ma mère, et à la
protection du ciel, qu'elle n'avait jamais
cessé de mériter. Je fis porter cette lettre,
et à l'instant je sortis de Paris. J'en étais
déjà éloigné de plusieurs lieues lorsque
le jour parut. Au soleil levant, je fus re-
joint par un coche qui suivait la route
de Brest. J'y entrai sans projet arrêté, et
m'enfonçant dans un coin, je m'abandonnai à mes sombres pensées. Pendant
toute la journée et la nuit suivante, je
continuai machinalement ma route avec
plusieurs autres voyageurs, sans songer à
prendre de nourriture, et hors d'état de
me livrer au sommeil. Mais le lendemain
je m'aperçus que mes forces m'avaient
abandonné, et lorsque le soir nous nous

arrêtâmes à une auberge, je m'évanouis
en entrant. On me mit au lit, et j'ai su
depuis qu'une fièvre ardente me plongea
pendant plus de huit jours dans un com-
plet anéantissement.

Un vénérable religieux de l'ordre auquel j'appartiens aujourd'hui, se trouvait par hasard dans l'hôtellerie ; il me
soigna avec un zèle que la charité seule
peut donner ; et lorsque ma santé fut un
peu rétablie, le bon vieillard s'apercevant
que c'était plutôt mon âme que mon corps
qu'il fallait s'attacher à guérir, m'offrit
avec empressement les consolations dont
elle avait besoin. Grâce à ses soins assidus, je fus bientôt en état de descendre
au salon pour prendre l'air à la fenêtre.
J'y étais assis un matin, lorsque le même
coche qui m'avait conduit, s'arrêta à la
porte de l'hôtellerie, et j'en vis descendre
le jeune peintre qui m'avait été recom-

mandé à Paris. Je n'eus pas la force de
supporter sa vue, et je tombai à terre sans
mouvement. Cet accident attira plusieurs
personnes dans l'appartement, et enfin
le jeune peintre lui-même. Lorsque j'eus
recouvré l'usage de mes sens, je me rappelai assez ce qui s'était passé pour désirer qu'il restât seul avec moi. Il demeura
quelques instans avant de se remettre mes
traits ; mais lorsqu'il me reconnut l'horreur et l'effroi se peignirent sur son visage;
enfin, après avoir hésité long-temps,
cédant à mes instances réitérées, il me
raconta la suite affreuse de mes infortunes.
Ma femme et mon fils n'étaient plus. Dans
l'état d'épuisement où elle se trouvait,
ma lettre lui porta un coup trop violent
pour qu'elle pût y résister. De là une
fièvre ardente, puis le délire et la mort.
Son enfant périt avec elle. Dans l'inter-
valle de raison qui précéda sa mort, elle

fit venir le jeune peintre auprès de son lit, lui confia le portrait qu'il avait peint lui-même, et lui recommanda de me le remettre, s'il parvenait jamais à me rencontrer, en m'assurant qu'elle me pardonnait. Il me présenta le portrait, et j'ignore comment je n'expirai pas sur-le-champ. Peut-être le dois-je à l'état de langueur où m'avait réduit la maladie. Mon cœur était trop faible pour se briser, et mon imagination délirante semblait désormais insensible à tous les maux. Par les soins du saint religieux qui déjà m'avait arraché à la mort, je fus conduit dans ce monastère, et depuis ce jour je n'en suis sorti qu'une seule fois, pour aller visiter les tristes lieux où furent déposés ma femme et mon fils. Mes frères ignorent mon histoire, et ils s'étonnent des austérités que je m'impose afin d'expier mes fautes. Mais pour se réconcilier avec le

20*

ciel, c'est peu de s'imposer des souffrances
corporelles, et c'est par des œuvres de bien-
faisance et de charité que j'espère surtout
me rendre agréable à Dieu. Son saint nom
soit béni ! les consolations que j'ai tant
souhaitées me sont enfin accordées. Déjà
un rayon de la miséricorde divine éclaire
mes tristes journées. Les visions qui
troublaient mon sommeil sont devenues
ma joie.

La nuit dernière, Emilie a paru près
de mon lit; le sourire était sur ses lèvres,
ce petit chérubin l'accompagnait. — Le
père Nicolas s'arrêta, ses regards se por-
tèrent sur le portrait, puis vers le ciel,
et une rougeur passagère remplaça la pâ-
leur naturelle de son visage. Je le con-
templai en silence. En cet instant la cloche sonna vêpres. Il me prit la main,
je baisai la sienne et la mouillai de mes
larmes. — Mon fils, dit-il, un cœur

comme le vôtre trouvera sans doute
quelque douceur à se rappeler mon histoire : si le monde vous séduit par ses
charmes, si le vice veut vous entraîner
par l'attrait du plaisir ou vous dominer
par la crainte du ridicule, pensez au père
Nicolas ; puissiez-vous être vertueux et
heureux !

NOTES.

———

(1) LES frères convers appartiennent pour la plupart à la classe ouvrière, et continuent d'exercer les diverses professions auxquelles ils se livraient dans le monde. On les emploie aussi aux travaux les plus pénibles de la maison, et ils passent moins de temps en prières que les autres religieux. Étant en général dépourvus d'éducation, ils ne reçoivent point l'ordre de prêtrise, et on les distingue à leur robe de bure, tandis que les religieux auxquels on donne le titre de pères sont vêtus d'une robe de laine blanche. Ceux-ci consacrent la plus grande partie de la journée à des exercices de

piété, et leur travail manuel consiste à cultiver le jardin pendant quelques heures.

(2) « Le portier *leur* (aux hôtes) ouvrira la porte, après avoir dit *Deo gratias*, et il se mettra à genoux, en s'inclinant profondément devant eux ; ensuite il dira *benedicite* en leur présence, par manière de salutation ; puis il les fera entrer dans la petite salle voûtée, les priant de se donner un peu de patience jusqu'à ce qu'il aille avertir le père abbé de leur arrivée ce qu'il fera aussitôt. » (Règlement de la Trappe, chap. 15, 2.)

(3) « Le père abbé donnera ordre à celui qu'il a destiné pour la réception des hôtes, d'aller les recevoir, lequel, après les avoir salués profondément, ou s'être mis à genoux devant eux, les conduit à l'église, où il leur donne d'abord de l'eau bénite, et se tient un peu derrière eux durant qu'ils font leur prière... Leur prière étant faite, il fait le signe de la croix sur soi, et les conduit à leur appartement, où il leur fait la lecture de quelques livres de piété, après avoir dit devant eux le *benedicite* par forme de salutation. » (Règl., chap. 15, 2.)

(4) « En quelque lieu que les frères se rencontrent,

ils se saluent en se découvrant et s'inclinant d'une manière médiocre. . . . .

» On salue les hôtes avec beaucoup de respect.

» On salue le père abbé en s'arrêtant, se découvrant
entièrement, et se tournant vers lui avec une inclination profonde. » (Règl., chap. 14, 6.)

Tout le monde sait aujourd'hui qu'il est faux que
les Trappistes qui se rencontrent s'adressent ces mots :
Frère, il faut mourir! Cet usage n'a jamais existé.

(5) L'on ne saurait trop insister sur l'exemple de
l'Irlande. Cette île, dont la population a presque dou-
blé depuis quelques années, ne peut plus nourrir ses
habitans ; leur nombre s'élève aujourd'hui à sept millions, et suivant l'opinion de plusieurs écrivains distingués, il faudrait en transporter un tiers dans le
Haut-Canada, pour assurer aux deux autres les moyens
de subsister.

(6) Voyez l'ouvrage de Malthus sur la population.

(7) En 1680, la dépense d'un Trappiste était évaluée
à douze écus par année, y compris l'habit dont ils changent tous les quatre ans, et qui à lui seul était estimé
douze écus. (*Visite à la Trappe.*)

(8) « Ils feront eux-mêmes leur jardin, qui doit être

leur subsistance et le fonds de leur vie , à l'imitation
de nos pères. »(Règl., chap. 10, 4.)

« *Labores manuum tuarum quia manducabis, beatus
eris et benè tibi erit.* »

(9)   Whom the gods love die young.

BYRON.

Happy the babe , who , privileg'd by fate
To shorter labour, and a lighter weight,
Receiv'd but yesterday the gift of breath
Or der'd to-morrow to return to death.

PRIOR.

They are not lost but taken away from the evil to come.

HERVEY.

De toutes les folies que la déraison humaine a éri-
gées en système, une des plus remarquables est la théo-
philanthropie barbare de ces hérétiques qui égorgeaient
leurs enfans après leur avoir donné le baptême, afin
de leur assurer la vie éternelle.

(10)«Les frères prendront garde de ne jamais témoigner quelque affection ou inclination particulière pour
quelqu'un plus que pour un autre, n'y ayant rien
qui ruine davantage l'union et la charité, et ensuite

tout le bien qui peut être dans une communauté, que
les amitiés particulères. (Règl., chap. 14, 3.)

(11) « Si durant que l'on est à table, on laisse tomber à terre son couteau, sa fourchette, sa cuiller, un
morceau de pain ; si on répand sur la table de l'eau
en quelque quantité; si l'on y rompt quelque chose,
comme le bout de sa fourchette ; si on se coupe, ou
sa serviette ; si on fait quelque bruit notable, comme
de laisser tomber rudement le couvercle de sa chopine,
on sort incontinent de sa place, sans rien faire auparavant, en passant dessus le banc du côté de ceux qui
sont moins anciens, et on va se prosterner au milieu
du réfectoire, vis-à-vis de sa place, où l'on demeure
jusqu'à ce que le supérieur frappe pour faire lever. Ensuite de quoi on ramasse ce que l'on avait laissé tomber, ou l'on essuie ce qu'on avait gâté. Si on avait
rompu quelque chose, ou qu'on se fût coupé, en sorte
que l'on saignât, on s'en accuserait devant le supérieur
avant que de se remettre à table, en lui montrant la
chose rompue et en se mettant à genoux devant lui jusqu'à ce qu'il fasse relever. » (Anc. règl., chap. 3, 5.)

Le père abbé est soumis aux mêmes règlemens; seulement il n'attend de personne le signal de se relever.

« On ne fait point d'abstinence particulière, et on

ne se retranche point une partie considérable de ses portions sans une permission. » (Règl. , chap. 3, 3.)

(12) Les Trappistes font deux repas en été ; mais en hiver, et surtout pendant le carême , ils n'en prennent qu'un seul, à quatre heures du soir.

(13) « Les ornemens précieux ne sont point pour ceux qui doivent donner en toutes rencontres des marques de l'amour qu'ils ont pour la simplicité et la pauvreté religieuse , selon ces paroles de S. Bernard : *Quid hæc ad monachos , ad pauperes , ad spirituales viros! Dicite pauperes, in sancto quid facit aurum ?* (Règl. , ch. 1, 3.)

« Les ornemens ne seront point d'une étoffe de plusieurs couleurs, mais seulement de simple camelot ou de quelque autre étoffe de fil ou de laine, et non pas de soie, encore moins de broderie. « (Règl. chap. 1, 3.)

« La crosse du révérend père abbé ne sera point d'argent, mais de bois qu'on pourra blanchir ou griser sans dorure. » (Règl. chap. 1 , 3.)

(14) C'est une grande salle ou les religieux s'assemblent à certaines heures pour faire en commun des lectures de piété , et s'accuser à haute voix les uns les autres des fautes qu'ils ont commises contre la règle. C'est ce qu'ils appellent se proclamer.

(15) « On repose la nuit avec ses habits réguliers, même avec la coule, sur une paillasse piquée, de deux à trois doigts d'épaisseur tout au plus, et soutenue de deux ais sur deux tréteaux sans façon; le traversin est de paille battue, et on se met sur sa paillasse aussitôt que la cloche de la retraite sonne. On s'y met en s'y asseyant d'abord, et non pas en s'y mettant tout droit.» (Règl., chap. 2, 4.)

La paillasse a été supprimée dans les nouvelles communautés.

(16) L'on a cru long-temps que les Trappistes creusaient eux-mêmes leur tombe, et Delille lui-même a dit:

> Vous aimerez...,.. leur éternel silence,
> Et, la bêche à la main. la pénitence en deuil,
> Anticipant la mort, et creusant son cercueil.

Tout le monde sait aujourd'hui que c'est une erreur; ce qu'il y a de vrai c'est qu'une fosse, creusée solennellement en présence de toute la communauté, est toujours ouverte dans le cimetière de l'Abbaye, et attend le premier des frères qui doit mourir.

(17) En toutes saisons les Trappistes se lèvent à une heure, ou au plus tard à une heure et demie, suivant le nombre de leçons du jour.

(18) « Ses domestiques, qui n'ignoraient pas sa passion, prirent soin de lui cacher ce triste événement qu'il apprit à son retour d'une manière fort cruelle. Montant tout droit à l'appartement de la duchesse, où il lui était permis d'entrer à toute heure, il y vit pour premier objet un cercueil qu'il jugea être celui de sa maîtresse, en remarquant sa tête toute sanglante qui était par hasard tombée de dessous le drap dont on l'avait recouverte avec beaucoup de négligence, et qu'on avait détachée du reste du corps, afin de gagner la longueur du cou, et éviter ainsi de faire un cercueil qui fût plus long que celui dont on se servait, et dont on avait si mal pris la mesure qu'il se trouvait trop court d'un demi-pied. » (*Véritables motifs de la conversion de l'abbé de la Trappe;* par Daniel de Larroque, pag. 27.)

(19) Lorsqu'un néophyte se présente à l'Abbaye, le révérend père abbé l'interroge afin de s'assurer de sa vocation, et s'il lui trouve les dispositions convenables il l'admet au nombre des novices. Le noviciat dure un an. Après ce délai, si le néophyte persiste dans sa résolution il prononce ses vœux, et quittant le nom par lequel il était désigné dans le monde, il ne porte plus que celui du saint qu'il a choisi pour patron.

Le jour fixé pour la cérémonie des vœux, il se rend à l'autel; on lui rase la tête, on brûle ses cheveux et on en jette les cendres dans une piscine destinée à cet usage. Puis le novice dépose sa profession sur l'autel, et va se prosterner successivement aux pieds de tous les religieux qui le relèvent en lui donnant le baiser de paix.

Du moment qu'il est entré dans la maison, le novice est mort à sa famille comme au reste du monde. Il n'entretient plus de relations avec elle; et si la mort enlève un de ses parens, le père abbé en est seul instruit. Il l'annonce à l'église, mais sans nommer personne, de sorte que la perte qui ne frappe que l'un des frères se fait sentir à tous.

(20) L'infirmier préparera de la cendre et de la paille pour y mettre le malade, lorsqu'il sera près d'expirer. (Règl., chap. 12, 12.)

Lorsqu'un religieux est à l'agonie, on le porte à l'église pour y recevoir les sacremens, puis on le ramène à l'infirmerie, où il reste étendu sur la paille et la cendre, exhortant ses frères rangés autour de lui. Quand il expire on l'ensevelit dans sa robe de laine et on le dépose sans cercueil dans la fosse préparée à l'avance. Une croix de bois, sur laquelle sont écrits l'âge du

21*

frère, son nom de religion et le temps de sa profession,
est le seul ornement de sa tombe.

(21) « On appelle *jubilé* les religieux qui ont cinquante
ans de profession dans un monastère ; ils sont dispen-
sés en certains endroits des *Matines* et des rigueurs de
la règle.» (*Encyclopédie*, au mot JUBILÉ.)

(22) « Ecce spectaculum dignum ad quod respiciat
intentus operi suo Deus; ecce par Deo dignum, vir fortis
cum malà fortunà compositus, utique si et provocavit.»
(Sénèque, De Prov.; chap. 2.)

www.ingramcontent.com/pod-product-compliance
Lightning Source LLC
Chambersburg PA
CBHW061436030726
47503CB00005B/1431